오리지널 오브 로라

THE ORIGINAL OF LAURA
by Vladimir Nabokov

오리지널 오브 로라

블라디미르 나보코프 창작노트

김윤하 옮김

문학동네

일러두기

1. 본문 상단의 인덱스카드는 블라디미르 나보코프의 육필 원고로, 그의 원고를 아들 드미트리 나보코프가 정서하고 편집한 텍스트를 번역 원본으로 삼았다.
2. 작품 특성상 필요한 원고 구성에 대한 설명, 그리고 머리말과 해설의 주석은 각주로 처리했다. 단, 드미트리 나보코프가 직접 단 주석은 원주임을 밝혔다. 그 외 작품 이해에 도움을 주는 보다 상세한 역자의 주석은 미주로 처리했다.
3. 〔 〕로 표시된 문장부호나 단어는 드미트리 나보코프가 첨가한 것이다.
4. 본문 중 밑줄을 그은 단어나 문장은 원문에 따른 것이다.
5. 역자가 사용한 번역 원본은 Vladimir Nabokov, *The Original of Laura*(New York; Knopf, 2009)이며, 프랑스어판(Gallimard, 2010)과 러시아어판(Азбука-классика, 2010)과 일본어판(作品社, 2011) 등을 참조했음을 밝혀둔다.
6. 역자 해설을 위해 참조한 문헌은, Vladimir Nabokov, *Selected Letters 1940~1977*, ed. by Dmitri Nabokov and Matthew J. Bruccoli(HBJ book, 1989); Brian Boyd, *Vladimir Nabokov: The American Years*(Princeton University Press, 1993); Suellen Stringer-Hye, "An Interview with Dmitri Nabokov—Laura is Not Even the Original's Name", ed. by Yuri Leving; *The Goalkeeper-The Nabokov Almanac*(Boston; Academic Studies Press, 2010); Michael Maar, trans. by Ross Benjamin, *Speak, Nabokov*(London; New york; Verso, 2009); ウラジミル ナボコフ 著, 若島正 譯, 『ローラのオリジナル』(作品社, 2011), ed. by Yuri Leving; *Shade of Laura*(London; Ithaca; McGill-Queeen's Up, 2013) 등이다.

차례

머리말

1977년 스위스의 호숫가에 훈훈한 봄기운이 깃들 즈음, 외국에 있던 나는 로잔 병원의 아버지 병상으로 불려갔다. 아버지는 평범한 수술이라 여긴 수술을 받고 회복하던 중에 병원 내 균에 감염되었는지 면역력이 심각하게 저하되었다. 혈중 나트륨과 칼륨 수치가 급격히 감소하는 등 분명한 악화 신호가 있었는데도 전부 무시되었다. 아버지의 목숨을 구하려면 그때가 손쓸 적기였는데 말이다.

곧 보Vaud 주립대학 병원으로 이송하기 위한 절차를 밟았고, 그 고약한 세균이 뭔지 밝혀내려는 지난하고 참혹한 탐색이 시작되었다.

아버지는 그토록 좋아하던 취미인 곤충 채집에 열중하다가 다보스의 산비탈에서 굴러떨어져 경사가 가파른 곳에 불편한 자세로 처박혀 꼼짝 못하게 된 적이 있는데, 때마침 지나가던 케이블카에 타고 있던 관광객들은 도움을 청하는 그의 외침과 나비채 흔드는 모습을 휴가 온 관광객의 장난으로 오해해 깔깔거리며 답인사를 보냈다. 나중에 아버지는 너덜너덜해진 반바지 차림으로 벨보이 둘의 부축을 받아 비틀거리면서 로비에 들어섰다는 이유로 호텔 직원으로부터 질책을 받았다. 관공서식 일처리란 무자비해질 수 있는 법.

아무 관련이 없을 수도 있지만, 아무래도 1975년에 있었던 이 사고가, 로잔에서 보낸 끔찍한 날들에 이르기까지 회복될 기미 없이 이어진 투병기의 시발점인 것 같다. 일시적으로나마 몽트뢰 팔라스 호텔에서의 원래 생활로 돌아온 적도 몇 번인가 있었는데, 『롤리타』의 성공에도 "나보코프는 우쭐하지 않고, 계속 허름한 스위스 호텔에서 살았다"(고딕체 강조는 내가)는 구절을 인터넷에 떠도는 어느 터무니없는 저자 약력에서 볼 때면, 불현듯 웅장한 그 호텔 생활에 대한 추억이 떠오르곤 한다.

나보코프는 육체의 위엄을 먼저 잃기 시작했다. 182센티미터가 넘는 그의 체격은 다소 구부정해 보였고, 우리와 함께 호숫가를 산책할 때면 보폭도 좁아지고 위태로워졌다.

그러나 그는 글쓰는 일을 중단하지 않았다. 그가 쓰고 있던 소설은 바로 그 결정적인 해인 1975년에 집필을 시작한 걸작의 배아 단계로, 그가 항상 갖고 다니던 인덱스카드 이곳저곳에서 천재성의 고치들이 번데기로 막 변하고 있던 참이었다. 그는 자신이 무엇을 쓰고 있는지 자세히 이야기하는 일이 좀처럼 없었는데, 그걸 드러낼 기회가 얼마 남지 않았다는 걸 느꼈는지 어머니와 나에게 그 작품의 어떤 세부들을 자세히 이야기하기 시작했다. 그러나 저녁식사 후의 담소 시간도 점점 짧아져 잠깐 하다 마는 정도로 그쳤고, 그는 자신의 작업을 어서 끝마치고 싶은 듯 방에 틀어박히곤 했다.

그러고 나서 얼마 지나지 않아 차를 타고 네슬레 병원으로 향하는 최후의 수순이 이어졌다. 아버지의 몸은 더 안 좋아졌다. 검사가 계속되고, 의사들은 잇따라 찾아와 턱을 어루만지더니 점점 병상보다는 무덤가에서 취할 법한 태도를 보였다. 결국, 재채기를 하던 어린 간호사 하나가 창문을 열어둔 탓에 아버지는 치명적인 감기에 걸렸다. 그는 어머니와 내가 지켜보는 가운데, 내가 억지로라도 들어보라고 권한 음식에 숨쉬기조차 힘들어하더니, 결국 발작하듯 세 번 헐떡거리다가 충혈성 기관지염으로 세상을 떠나고 말았다.

정확한 발병 원인에 대해서는 별 얘기가 없었다. 위대한 인물의 죽음이 당혹스러운 침묵 속에서 베일에 가려진 듯했다. 몇 년 후 나는 약력을 정리하려는 목적으로 진상을 밝혀내려 했지만, 그의 죽음과 관련된 자세한 정황에 접근할 길은 여전히 묘연했다.

가족 간의 기밀로 해야 할 몇 가지 문제를 내가 알게 된 건, 그의 생애가 막바지 단계에 접어들었을 때였다. 만약 완성하지 못하고 죽을 경우, 『오리지널 오브 로라』의 원고를 폐기하라는 그의 엄명도 그 기밀사항 중 하나였다. 상상력에 한계가 있고, 미완의 저작을 에워싸고 일어나는 이런저런 가설의 소용돌이에 자신의 추측을 더해보려는 의도를 가진 이들은, 죽음을 앞둔 예술가가 이유가 뭐든 간에 자신의 작품이 자신보다 더 오래 살아남는 걸 허용하기보다는 폐기하는 쪽으로 마음이 기울 수 있다는 생각을 비웃곤 했다.

가망 없는 상태에 이를 정도로 심각하게 아프다 해도 운명에 대항하며 필사적으로 전력 질주하는, 비록 이기고자 하는 그의 의지에도 불구하고 결국에는 지게 되어 있는 그 단거리 경주를 마지막 결승선까지 포기하지 않는 작가도 있다. 때로는 어떤 우연한 사건이나 타인의 개입으로 작가의 애초 계획이 저지될 수도 있다. 수십 년 전 소각장으로 가던 길에 아내에게 『롤리타』 초고를 가로채였던 나보코프처럼.

여섯 살 남짓한 아이였던 내가 생나제르 해안가 마을에서 퍼즐처럼 뒤죽박죽 뒤섞인 건물 사이로 본, 눈을 의심할 수밖에 없었던 그 인상적인 사물에 대해, 아버지의 회상과 나의 회상이 엇갈린다. 그것은 우리를 뉴욕까지 싣고 가기 위해 대기중이던 샹플랭호의 거대한 굴뚝이었다. 나는 그것이 연한 노란색이었다고 기억하는데, 아버지는 『말하라, 기억이여』를 끝맺는 부분에서 흰색이었다고 썼다.

설사 연구자들이 역사 기록을 뒤져 그 당시 프랑스 선박회사가 선체에 사용하던 상징색이 무슨 색이었는지 밝혀낸다 해도, 나는 나의 이미지를 계속 고수할 것이다. 나는 우리가 미국에 닿을 즈음 배 위에서 마지막으로 꾼 꿈속에서 본 색깔도 확실하게 기억한다. 부모님이 내게 약속했던 매혹적인 마천루 대신에 별로 높지 않은 건물들이 서 있는 추레한 뉴욕이 보이던 꿈속 광경을 물들인 우중충한 회색의 갖가지 음영을. 우리는 배에서 내려 미국의 서로 다른 두 모습을 보았다. 한편에 세관 검사중 우리 짐에서 사라져버린 작은 코냑 한 병이 있다면, 다른 한편에는 목적지까지 우리를 데려다준 택시기사에게 아버지가(아니 어머니였나? 가끔 기억 속에서 두

분은 뒤섞이곤 한다) 지갑에 들어 있던 전부—우리에게는 생소한 화폐인 100달러짜리 지폐—를 내밀며 요금을 치르려고 했을 때, 너그러운 미소로 그걸 되돌려주었던 정직한 운전사가 있다.

우리가 유럽을 떠나기 전까지 나는 아버지가 구체적으로 무엇을 '하는' 사람인지 잘 몰랐다. '작가'라는 용어도 나에게는 별 의미가 없는 말이었다. 잠잘 때 들려주는 동화처럼 아버지가 내게 가끔 이야기해줬을 짧은 삽화들이, 사실은 그가 당시 집필중이던 작품을 내가 미리 맛본 것이었을 수도 있음을 추억에 잠겨 뒤늦게 깨달을 뿐이다. 나에게 있어 '책'이란 부모님 친구분들의 서재 책장 맨 위 칸에 놓인, 내가 감탄하며 바라보곤 했던 붉은 가죽으로 장정된 수많은 두꺼운 책들이었다. 그것들은 우리 러시아어 표현에도 있듯이 내 '구미를 당겼다'. 하지만 나의 첫 '독서'는 아버지가 러시아어로 번역한 『이상한 나라의 앨리스』를 어머니가 낭독하는 걸 들은 일이었다.

우리는 햇살이 눈부시게 내리쬐는 리비에라의 해변으로 여행을 갔고, 마침내 뉴욕행 배에 올랐다. 나는 지금은 없어진 월트 휘트먼 학교에서 첫날을 보내고는 영어를 다 배웠다고 어머니에게 공언했다. 사실 나는 영어를 훨씬 더 찬찬히 습득해갔고, 그렇게 영어는 내가 가장 선호하는 언어이자 가장 유창하게 구사하는 표현수단이 되었다. 그러나 나는 블라디미르 나보코프에게 기초 러시아어를, 그것도 문법 교과서로 하나부터 열까지 배운 세상에서 유일한 아이라는 걸 항상 자랑스럽게 여긴다.

아버지도 나름대로 과도기를 보내고 있었다. '3개 국어를 완벽한 표준어로 구사하는 아이'로 자랐지만, 새로운 언어를 위해 '풍부하고 막힘없이 자유로운' 러시아어를 포기해야 하는 상황은 그에게도 대단한 도전이었다. 그 새로운 언어란 그가 영어 사용자인 부친과 집에서 썼던 영어가 아니라, 그가 그토록 샅샅이 알고 통달한 모국어처럼 풍부한 표현을 자유자재로 시적으로 쓸 수 있는 도구로서의 영어였다. 그의 첫 영어 소설인 『서배스천 나이트의 진짜 인생』은, 이후(1947년) 〈애틀랜틱 먼슬리〉에 발표한 영어 시에 그가 붙인 제목처럼 그에게 '가장 부드러운 언어'였던 사랑하는 러시아어를 버리면서 느낀 무한한 의혹과 고통을 대가로 치르며 쓴 작품이다. 한편, 새로운 언어로 옮겨가는 중이자 미국으로 이주하기 직전에 그는 독립적이고(즉 진행중인 어떤 작품의 일부도 아니고, 이미 존재하는 작품의 러시아어판도 아닌) 중요한 러시아어 산문 작품을 마지막으로 한 편 썼다. 그것은 「매혹자*Volshebnik*」라는 작품으로, 어떤 의미에서는 『롤리타』의 효시라 할 수 있다. 아버지는 당신이 이 짧은 원고를 파기해버렸거나 분실했고, 그 작품의 창의적인 정수는 『롤리타』가 다 빨아들였다고 생각했다. 그는 나치군의 공습 때문에 창문을 푸른색 종이로 가린 파리에서의 어느 날 밤, 친구들 앞에서 그 작품을 낭독했던 걸 기억하고 있었다. 마침내 그 원고를 다시 찾아 아내와 함께 검토를 마친 1959년, 그는 '나보코프 가족의 영어 번역으로' 출판하면 예술적인 가치가 있겠다는 결론을 내렸다.

이 계획은 나보코프가 죽고 10년이 다 되도록 실행되지 않았고,* 『롤리타』가 자기 선조보다 먼저 출판되었다. 『롤리타』의 미묘한 주제가 가져올 파장을 두려워한 몇몇 미국 출판사들이 출판을 기피했다. 이 작품이 영원히 몰이해의 희생양으로 남을 거라 확신한 나보코프는 초고를 파기해버리기로 했는데, 두 번에 걸친 베라 나보코프의 개입이 없었다면 그 원고는 이타카 집 소각로**의 연기 속으로 사라지는 운명을 면치 못했을 것이다.

출판사의 수상쩍은 평판에 대해 아는 바가 없었던 나보코프는 결국 지로디아스의 올랭피아 출판사에 원고를 넘기자는 에이전트의 제안을 받아들였다. 『롤리타』가, 포르노 성격이 짙은 올랭피아 마구간 출신의 다른 경주마들과 함께 달리다가, 지로디아스가 부친 소유인 오벨리스크 출판사로부터 승계한 허섭스레기 같은 '남북 회귀선'***을 훨씬 앞지르고 역사상 최고의 책 중 하나로 칭송받는 반열에 들어설 수 있었던 건 순전히 그레이엄 그린의 찬사 덕분이었다.****

---

* 이 작품은 집필된 지 50년 가까이 흐른 1986년에야 드미트리 나보코프가 번역하여 'The Enchanter'라는 제목으로 G. P. Putnam's Sons.사에서 출판되었다. 러시아어 원본은 1991년 〈RLT(Russian Literature TriQuarterly)〉의 나보코프 특집호인 제24호에 '1939년 10~11월, 파리'로 집필 시기와 장소를 표기해 실었다.

** 나보코프는 1948년부터 『롤리타』 출판으로 명성과 부를 얻어 스위스로 이주할 때까지 약 10년간 뉴욕 주 이타카에 있는 코넬 대학에서 러시아문학과 세계문학을 강의했다. 이타카는 나보코프 가족이 미국에 머무르는 동안 가장 오래 정착한 장소로, 이곳에서 나보코프는 중요한 전기를 마련한 작품들을 창작·구상했고, 이후 스위스로 이주해서도 여러 작품의 배경으로 사용했다. 또한 『창백한 불꽃』에서 주인공 셰이드가 초고를 태우는 장소로 '이타카 집의 소각로'가 언급된 바 있다.

*** 헨리 밀러의 소설 『북회귀선』과 『남회귀선』은 파리의 오벨리스크 출판사에서 각각 1934년과 1938년에 출판되었다. 선정성과 지나친 비속어 때문에 미국에서는 1960년대까지 금서였다.

**** 미국에서 출판이 거절된 『롤리타』는 우여곡절 끝에 1955년 파리에서 처음 출간되었다. 그해 영국 작가 그레이엄 그린은 〈선데이 타임스〉 크리스마스 호에 『롤리타』를 '1955년 최고의 책 중 한 권'으로 꼽았고, 이는 〈선데이 익스프레스〉를 비롯한 많은 언론과 대중의 호기심을 불러일으키는 데 일조했다. 이후 『롤리타』는 선정성 논란이 불거져 프랑스에서는 발매가 금지되고 영국 의회에서는 이 책의 출판 허가 여부를 논의하는 사태가 벌어지기도 했으나, 1958년 미국에서 출간되었을 때 첫 3주 동안 무려 10만 부 이상 팔려나갔다.

로드 소설의 원형이라 할 수 있는 이 작품에서 1940년대 미국의 간선도로와 모텔은 영원성을 부여받았고, 무수히 많은 이름과 지명이 나보코프의 언어유희와 철자 수수께끼 속에 살아 있다. 1961년 나보코프 가족은 몽트뢰 팔라스 호텔로 거처를 정했는데, 옮기고 나서 얼마 지나지 않은 어느 날 저녁, 친절하게도 한 객실 청소부가 나비로 장식된 선물 바구니 속의 내용물을 영원히 비워버린 일이 일어났다. 아버지가 어머니와 함께 미국 횡단 여행을 하면서 지나온 도로와 마을을 꼼꼼하게 모두 표시해두었던 두툼한 미국 도로 지도 뭉치가 통째로 사라진 것이다. 거기에는 나비의 이름과 서식지뿐 아니라, 그때그때 기록한 논평들도 있었다. 지금은 그런 모든 세세한 정보들이 여러 대륙의 학자들에 의해 연구되고 있으니 실로 애석한 일이다. 아버지가 애정 어린 헌사를 적어 내게 증정했던 『롤리타』의 초판본 중 한 권은 뉴욕의 지하 문서보관실에서 도둑맞았는데, 2달러에 팔려 어느 코넬 대학원생의 셋방으로 굴러들어갔다니, 이 또한 애석하다.

분서焚書 테마는 계속 우리를 따라다닌다. 나보코프는 하버드 대학 초청으로 성사된 『돈 키호테』 강연에서 세르반테스의 어떤 장점들을 인정하는 한편, 그 책이 '조잡'하고 '잔인'한 작품이라고 비평했다.* 몇 년 후 나보코프가 그 수업을 자평하면서 사용한 '갈가리 찢는torn apart'이라는 표현은, 거의 문맹에 가까운 기자들에 의해 더욱 부풀려져, 엄격한 도덕주의자에 걸맞은 온갖 특징이 가미된 나보코

---

* Vladimir Nabokov, *Lectures on Don Quixote*, ed. Fredson Bowers, Harcourt Brace Jovanovich, 1983.

프의 캐리커처가 학생들 앞에서 활활 타오르는 책을 높이 떠받치는 이미지가 눈앞에 그려질 정도였다.*

이제 드디어 『로라』에 대해, 그리고 다시 불에 대해 이야기를 할 차례다. 나보코프는 로잔 병원에서 보낸 생애 마지막 몇 달 동안 둔감한 이들의 장난질에도, 선의에서 묻는 말들에도, 바깥세계의 호기심 어린 추측들에도 휘둘리지 않고, 또 그 자신이 겪고 있는 고통에도 휘둘리지 않고 작품 집필에 열정적으로 몰입했다. 그 수많은 고통 중에는 발톱 밑과 그 주변에서 가라앉지 않는 염증도 포함된다. 때때로, 간호사들에게 임시변통에 불과한 발톱 관리를 받을 바에야 차라리 그걸 아주 제거해버리는 게 낫겠다 싶은지, 간호사들을 물리고 당신 손으로 발가락을 고통스럽게 들쑤셔 발톱을 고치고 안식을 찾고 싶은 충동에 휩싸이곤 했다. 우리는 『로라』에서 이 고뇌의 몇 가지 반향들을 볼 수 있다.

한번은 그가 햇살 가득한 바깥 풍경을 바라보다 어떤 종의 나비 한 마리가 벌써 날기 시작했다고 부드러운 목소리로 외쳤다. 그러나 손에 나비채를 들고 머릿속으로는 작품을 구상하며 산중턱의 목초지에서 산책하는 일은 두 번 다시 실현되지 않을 소망이었다. 작품 집필은 진전되고 있었으나 밀실공포증을 느끼게 하는 병실의 소우주 안에서였고, 나보코프는 자신의 영감과 집중력이 점점 기력이 쇠하는 건강과의 경주에서 이기지 못할까봐 두려워하기 시작했다.

---

* 나보코프가 1967년 〈파리 리뷰〉와 가진 인터뷰에서 이 강연을 회상하면서 비유적으로 한 표현("메모리얼홀에 모인 600명의 학생들 앞에서 조잡하고 잔인한 옛날 책인 『돈 키호테』를 갈가리 찢어서(혹평해서) 보수적인 몇몇 동료들을 경악하게 한 일을 기쁘게 기억한다")이 곡해되면서 이런 논란이 불거졌다.

그래서 당시 그는 아내와 매우 심각한 대화를 나눴고, 그 대화중에 만약 자신의 임종시에 『로라』가 미완성인 상태라면, 그 원고를 소각해야 한다는 뜻을 못박아두었다.

나에게 편지를 써 보낸 무리 중에 생각이 부족한 이들은, 만약 어떤 예술가가 자기 작품을 불완전하다거나 미완성이라고 여겨 파기되기를 바랐다면, 사전에 본인이 미리 깔끔하고 주도면밀하게 정리하는 게 맞다고 단언하곤 했다. 하지만 이 현자님들이 잊으신 게 있는데, 나보코프는 무슨 일이 있어도 『오리지널 오브 로라』를 불태우고 싶어한 게 아니라, 적어도 초고를 완결하는 데 필요한 마지막 몇 장의 카드를 더 쓸 만큼은 살았으면 했다는 사실이다. 막스 브로트가 차마 그 임무를 실행에 옮기지 못할 것을 빤히 알면서도, 카프카가 그에게 재판을 찍은 『변신』을 비롯해 『성』과 『소송』을 포함하여 이미 출판됐거나 미출간된 걸작들의 원고를 파기하는 임무를 맡겼듯이(카프카같이 대담하고 명료한 정신의 소유자로서는 꽤 느슨한 책략이랄까), 나보코프도 그 누구보다 용감하고 전적으로 신뢰할 수 있는 특사인 나의 어머니에게 『로라』를 폐기하는 일을 맡길 때 카프카와 비슷한 추론을 했을 거라는 설도 있다. 어머니가 아버지의 명을 실행에 옮기지 못한 것은 망설이며 미뤘기 때문이다. 노화와 쇠약, 그리고 헤아릴 수 없을 정도로 지극한 사랑에서 비롯된 망설임이었다.

그 임무가 나에게 넘어왔을 때 나는 정말 고심했다. 내가 여러 차례 말하고 썼듯이, 나에게 부모님은 어떤 의미에서는 결코 돌아가신 적 없이 계속 살아 있다. 일종의 림보 같은 곳에서 내 어깨 너머로 바라보며, 적절한 표현을 고르는 중요한 일이든 좀더 세속적인 걱정이든 내가 중대한 결단을 내릴 때면 언제든 도움이 되는 생각이나 조언을 해줄 태세를 하고서 말이다. 나는 유행을 따르는 멍청이들의 제목에서 나의 'ton bon'(의도적인 철자 왜곡이다)*을 빌려올 필요 없이, 그 원천**이 주는 조언을 따르면 되었다. 혹시 과감한 주석자들께서 이 상황을 신비체험에 빗대고 싶으시다면 뭐 그러시기를. 현재 이 시점에서 내가 내린 결론은, 추정이긴 하지만 만약 나보코프가 다시 돌이켜 생각해보았다면, 그는 내가 그의 '폴록에서 온 사람'***이 되거나, 어린 후아니타 다크—이는 화장될 운명에 처했던 초기의 롤리타에 붙여진 이름이기도 하니까—가 현대판 잔 다르크처럼 화형당하게 놔두는 걸 원치 않았으리라는 점이다.

점점 짧아지고 점점 뜸해지긴 했지만, 아버지가 잠깐 퇴원해 집으로 돌아올 때마다 우리는 늘 하던 대로 수다스러운 저녁식사 시간의 담소를 의연하게 이어나가려고 애썼는데, 『로라』의 내세가 언급된 적은 한 번도 없었다. 그때쯤에는 나도, 그리고 내 생각이지만

---

* '올바른 태도' '적절한 표현'이라는 뜻의 프랑스어 'bon ton'의 어순을 드미트리가 의도적으로 바꾼 것으로, 더글러스 호프스태터의 연구서 *Le Ton Beau de Marot: In Praise of the Music of Language*(1997)에 대한 비판 의도를 담고 있는 것으로 보인다. 이 저서에서 호프스태터는 나보코프의 번역론과 관련하여, 나보코프가 푸시킨의 『예브게니 오네긴』 기존 번역판들이 운을 맞춘다는 명목하에 원문을 왜곡했음을 비판한 것에 대해 반론을 제기했다.

** 원작자 나보코프를 가리키는 듯하다.

*** 영국 낭만주의 시인 새뮤얼 콜리지가 미완성 걸작으로 남은 「쿠블라 칸」을 집필할 당시의 일화에서 유래한 표현이다. 콜리지는 아편에 취해 잠들었다가 꿈속에서 시를 썼다. 잠에서 깨자마자 이것을 옮겨적고 있는데, '용무가 있어 폴록에서 온 사람' 때문에 불려나가 한 시간 넘게 붙들려 있느라 뒷부분을 잊어버려 시를 완성하지 못했다고 한다. 이후 '폴록에서 온 사람'은 영감을 불러일으키는 '뮤즈'와 대척점에 있는 인물을 가리키는 비유로 쓰이며, 나보코프가 자신의 소설 『벤드 시니스터』에 처음 붙인 제목이기도 하다.

어머니도 모든 면에서 일이 어떻게 될지 알고 있었던 것 같다.

나는 꽤 많은 시간이 흐른 후에야 아버지의 인덱스카드 상자를 감히 열어볼 결심을 할 수 있었다. 아버지가 애정을 담아 배열하고 섞은 카드에 손을 대기 전에, 나는 먼저 숨이 멎어버릴 듯한 고통의 장벽을 통과해야만 했다. 몇 번의 시도 끝에, 병원에 입원해 있던 기간에, 미완성임에도 전례가 없는 구조와 문체를 지니고 있으며 나보코프가 길들인 영어라는 새로운 '가장 부드러운 언어'로 집필된 그 작품을 처음으로 읽어보았다. 나는 카드 순서를 정해 정리한 다음, 믿음직한 비서인 크리스티안 갤리커에게 내가 읽어주는 대로 받아쓰게 해서 최초의 사본을 만들었다. 그렇게 『로라』는 일종의 반半그림자 속에서 살아가다, 내가 정독하거나 감히 약간의 교정 및 편집을 가할 때만 가끔 모습을 드러내곤 했다. 금고의 적막 속과 내 머릿속 굴곡 사이에서 이중의 삶을 각각 동시에 살아가는 것처럼 보이는 이 골칫거리 유령에 나는 아주 서서히 익숙해졌다. 나는 『로라』를 불태우는 일은 다시는 생각조차 할 수 없었고, 잠깐씩이나마 그것이 어둠에서 나와 살짝 모습을 드러내는 걸 허용하고 싶은 충동에 휩싸이곤 했다. 이런 연유로 나는 그 작품에 대해, 내가 느끼기에 아버지가 못마땅히 여기지 않을 정도로만 최소한으로 언급해왔는데, 이 언급들은 다른 사람들의 입에서 나온 거의 근사치에 가까운 몇몇 누설 및 가정 들과 엮여서 『로라』에 대한 단편적인 관념들을 낳았고, 항상 맛좋은 특종에 굶주려 있는 언론이 요즘 이 관념들을 과시하듯 퍼뜨리고 있다. 이미 얘기했듯이 나는, 『로라』가 이렇게 긴 시간 동안의 웅성거림 속에서 살아남은 이상, 나의 아버지나 그의 그림자가 『로라』의 공개를 반대하리라고는 보지 않는다. 작품의 생존에 내가 공헌했는지는 모르지만, 그 동기는 결코 어떤 장난기나 계산이 아니라 내가 저항할 수 없는 어떤 다른 힘이었다. 나는 비난받아야 할까, 아니면 감사받아야 할까?

하지만 왜, 나보코프 씨, 정말 왜 당신은 『로라』를 출판하기로 한 거죠?

글쎄올시다, 전 좋은 사람이니까요. '드미트리의 딜레마'에 공감한다면서 친한 사이처럼 내 이름을 부르며 말을 거는 사람들이 세계 곳곳에 있다는 걸 알고는, 그들의 고통을 덜어주는 친절을 베풀어보고자 한 거죠.

드미트리 나보코프

The Original of Laura

오리지널 오브 로라

죽는 건 재밌어

Dying is Fun

The Original of Laura

Ch. One

Her husband, she answered, was a writer, too — at least, after a fashion. Fat men beat their wives, it is said, and he certainly looked fierce, when he caught her riffling through his papers. He'd pretended to slam down a marble paperweight and crush this weak little hand (displaying the little hand in febrile motion). Actually she was searching for silly business letter and not in the least trying to decipher his mysterious

오리지널 오브 로라

제1장

남편도 작가라고 그녀는 대답했다—적어도 어떤 의미에서는 그렇다고요. 뚱뚱한 남자들이 자기 아내를 때린다고들 하던데, 남편의 서류를 뒤적이다가 발각되었을 때 그는 확실히 험악한 얼굴을 하고 있었다고 한다. 그이는 대리석 문진을 쾅 내리쳐서 이 연약하고 작은 손을 (그 작은 손을 열띤 동작으로 내보임) 으스러뜨리려는 척했죠. 사실 그녀는 시시껄렁한 청구서들을 찾고 있었다. 베일에 싸인 그의 원고를 판독하려는 마음은 추호도 없었다.

(2)

manuscript. Oh no, it was not a work of fiction
which one dashes off, you know, to make
money; it was a mad neurologist's
testament, a
kind of Poisonous Opus as in that film.
It had cost him,
and would still
cost him, years of toil, but the
thing was of course, an absolute
secret. If she mentioned it at all she
added, it was because she was drunk.
She wished to be taken home or preferably
to some cool quiet place with a clean bed
and room service. She wore a strapless gown

2

어머, 아니죠, 그건 돈벌이를 위해 휘갈겨 쓰는 소설 같은 게 아닌데요. 그건 그 영화에 나오는 유독한 작품[1] 같은 미친 신경학자의 유언장이었어요. 그것 때문에 그는 힘겨운 수년을 보냈고 앞으로 또 몇 년이 더 걸릴지 모르죠, 이 일은 물론 극비예요. 그녀는 자신이 뭔가 조금이라도 입 밖에 냈다면, 그건 술기운 때문이라고 둘러댔다. 그녀는 집에 바래다주어도 좋지만 되도록이면 청결한 침대와 룸서비스가 있는 시원하고 조용한 곳으로 데려갔으면 했다. 그녀는 끈 없는 드레스를 입고

(3)

and slippers of black velvet. Her bare insteps
were as white as her young shoulders. The
party seemed to have degenerated into
a lot of sober eyes staring at her with
nasty compassion from every corner,
every cushion and ashtray, and even
from the hills of the , the
spring night framed in the
open french window. Mrs. Carr, her
hostess, repeated what a pity it was
that Philip could not come or rather
that Flora could not have induced

3

검은 벨벳 슬리퍼를 신고 있었다. 그녀의 드러난 발등은 싱싱한 맨 어깨만큼이나 희었다. 파티는 이 구석 저 구석에서, 모든 쿠션 위와 재떨이 옆에서, 심지어 열려 있는 발코니 창틀에 들어찬 봄밤의 언덕에서조차도, 하찮은 동정을 담아 그녀를 응시하는 말짱한 눈빛으로 타락해가는 것 같았다. 그녀를 초대한 안주인 카 부인은, 필립이 오지 못해, 아니 그보다는 플로라가 필립이 오도록 설득하지 못해 정말 유감이라는 말을 반복했다.

him to come! I'll drug him
next time said Flora, (4)
rummaging all around
her seat for her small formless vanity
bag, a blind black puppy. Here it is,
cried an anonymous girl, squatting
quickly.
Mrs Carr's nephew, Anthony Carr,
and his wife Winny, one of those
easy going, over-generous
couples that positively crave to
lend their flat to a friend, any friend, when
they and their dog do not happen

4

다음번에는 약을 먹여서라도 그를 끌고 올 거라고, 플로라는 눈먼 검은 강아지 같은 작고 흐물흐물한 화장품 가방을 찾아 앉은 자리 주변을 온통 뒤지며 말했다. 여기 있어요, 어느 이름 모를 소녀가 재빨리 몸을 웅크리며 소리쳤다.

카 부인의 조카 앤서니 카와 그의 부인 위니는 느긋하고 오지랖 넓은 부부로, 자신들과 기르는 개가 쓰지 않을 때면 친구한테, 그게 누구든 상관없이, 자신들의 아파트를 빌려주지 못해 안달이었다.

(5)

to need it. Flora spotted at once
the alien creams in the bathroom and the
open can of Fido's Feast next to the
naked cheese in the cluttered fridge
A brief set of instructions
(pertaining to the superintendant and the charwoman
) ended on: "Ring up my aunt Emily Carr",
which evidently had be already done
to lamentation in Heaven and laughter
in Hell. The double bed was made
but was unfresh inside. With
comic fastidiousness Flora spread

5

플로라는 욕실에서 생경한 크림을, 그리고 어수선한 냉장고 안에서는 껍질이 벗겨진 치즈 바로 옆에 뚜껑이 열린 채 놓인 개 사료 캔을 발견했다. (관리인과 청소부와 관련된) 간단한 일련의 지시사항들은 "에밀리 카 숙모에게 전화할 것"이라는 말로 끝났는데, 아무래도 벌써 실행되어 천국의 개탄과 지옥의 파안대소를 부른 것 같다. 더블베드가 마련되어 있었지만, 속 시트가 새것은 아니었다. 플로라는 다소 우스울 정도로 결벽을 과시하며

her furcoat over it
before undressing and lying down.
¶ Where was the damned valise
that had been brought up earlier?
In the vestibule closet. Had everything
to be shaken out before the pair
of morocco slippers could be located
foetally folded in their zippered
pouch? Hiding under the
shaving kit. All the towels in the
bathroom, whether pink or green, were
of a thick, soggy-looking, spongy-like texture.

6

벗고 눕기 전에 자신의 털 코트를 그 위에 펼쳤다.

먼저 보내놓은 그 빌어먹을 여행 가방이 어디 있지? 현관 벽장 안에 있구나. 태아 모양으로 접혀서 지퍼 달린 주머니 속에 들어 있는 가죽 슬리퍼를 찾으려면, 우선 가방을 거꾸로 털어 내용물 전부를 꺼내야 할까? 여기 면도용품 아래 숨어 있구나. 욕실에 있는 수건들은 분홍색도 녹색도 모두 두껍고 축축해 보이는 스펀지 같은 질감이었다.

copy out again

(7)

Let us choose the smallest. On the way back the distal edge of the right slipper lost its grip and had to be cajoled into the grateful heel with a finger for shoeing-horn.

no quotes ¶ Oh hurry up, she said softly

no comma ¶ That first surrender of hers was a little sudden, if not downright unnerving. A pause for some light caresses, concealed embarrassment, feigned amusement, prefactory contemplation

She was

7

가장 작은 걸 고르자. 침대로 돌아오는데 오른쪽 슬리퍼의 뒤축 귀퉁이가 벗어져 손가락 하나를 황송해하는 발뒤꿈치 뒤로 구둣주걱처럼 밀어넣어야 했다.

'인용부호 없이' '쉼표 없이'* 자 어서요, 그녀가 부드럽게 말했다〔.〕

처음 몸을 허락할 때의 태도는 아주 움츠러든 정도는 아니지만, 조금 뜻밖이긴 했다. 가벼운 포옹 전에 숨을 멈추고, 부끄러움을 감추고, 일부러 쾌활한 척하고, 미리부터 생각에 빠지고〔.〕 그녀는

* 나중에 원고를 타자로 칠 때 필요한 주의사항을 나보코프가 기입해놓은 것으로, 뒤의 플로라의 말이 인용부호 없이 나오며, '자'와 '어서요' 사이에 쉼표가 없어야 함을 지시한다. 또한 이 카드의 왼쪽 위에는 '다시 정서할 것'이라는 메모가 적혀 있다.

(8)

an extravagantly slender girl. Her ribs showed. The conspicuous knobs of her hipbones framed a hollowed abdomen, so flat as to belie the notion of « belly ». Her exquisite bone structure immediately slipped into a novel — became in fact the secret structure of that novel, besides supporting a number of poems. The cup-sized breasts of that twenty-four year old impatient beauty seemed a dozen years younger than she, with those pale squinty nipples and firm form.

8

유난히 깡마른 소녀였다. 늑골이 다 보일 정도였다. 너무 납작해서 '배'라는 개념이 무색할 정도로 움푹 들어간 복부를 튀어나온 골반뼈 마디마디가 에워싸고 있었다. 그녀의 정교한 골격은 다수의 시편을 지탱했을 뿐 아니라, 한 편의 소설 속으로 바로 미끄러지듯 들어가 사실상 그 소설의 은밀한 골조가 되었다. 스물네 살 먹은 그 성마른 미녀의 젖가슴은 컵 크기가 제 나이보다 열두 살은 어린 소녀의 크기밖에 안 되었는데, 사팔뜨기처럼 서로 다른 방향을 보고 있는 옅은 색 유두가 달려 있고, 형태가 딱 잡혀 있었다.

(9)

Her painted eyelids were closed. A tear
of no particular meaning gemmed
the hard top of her cheek. Nobody could
tell what went on in that little head.
Waves of desire rippled there, a recent
lover fell back in a swoon, hygienic
doubts were raised and dismissed,
contempt for everyone but herself
advertised with a flush of warmth
its constant presence, here it is,
cried what's her name squatting quickly.
my darling, <u>dushka</u> <u>moya</u> (eyebrows

9

아이섀도를 칠한 눈꺼풀은 감겨 있었다. 별 의미가 없는 눈물 한 방울이 뺨의 광대뼈 위에서 보석처럼 반짝였다. 그 작은 머릿속에서 무슨 일이 일어났는지는 아무도 모를 일이었다〔.〕 욕망의 물결이 일렁거렸고, 최근 사귀었던 애인이 황홀해하면서 뒤로 나자빠졌으며, 위생과 관련된 의심이 일었다가 사라졌고, 그녀 자신을 제외한 모든 인간에 대한 경멸이 뜨겁게 달아오른 홍조로 그 한결같은 존재를 드러내는 가운데, 여기요, 하고 아무개 양이 재빨리 몸을 웅크리며 외쳤다. 내 사랑, <u>두시카 마야</u>[2](눈썹을

went up, eyes opened and closed again, she didnt meet Russians often, this should be pondered,)

¶ masking her face, coating her side, pinaforing her stomach with kisses — all very acceptable while they remained dry.

¶ Her frail, docile frame when turned over by hand revealed new marvels — the mobile omoplates of a child being tubbed, the incurvation of a ballerina's spine, narrow nates

10

추켜세우고 눈을 떴다가 다시 감았는데, 그녀가 러시아인을 그렇게 자주 만나온 것은 아님을 참작해야 한다).

그녀의 얼굴에 가면을 씌우듯, 옆구리를 코트로 감싸듯, 배에 앞치마를 두르듯 키스를 퍼부었는데, 축축하게만 하지 않으면 아무래도 좋다는 듯 기꺼이 받아들였다.

그녀의 연약하고 고분고분한 몸을 손으로 뒤집자, 새로운 경이로움이 드러났다. 욕조 안에 있는 아이같이 민첩한 어깻죽지, 발레리나 같은 등의 굴곡,

(11)

of an ambiguous irresistable charm (nature's beastliest bluff, said Paul de G watching a dour old don watching boys bathing)

Only by identifying her with an unwritten, half-written, rewritten difficult book could one hope to render at last what

11

저항할 수 없는 양성적인 매력을 풍기는 꽉 죄인 탱탱한 둔부(멱감는 소년들을 응시하는 늙고 음침한 선생을 보며 폴 드 G는, 자연의 가장 추잡한 기만이라고 말했었지).

아직 쓰이지 않은, 절반쯤 쓰인, 다시 고쳐 쓰인 난해한 책과 그녀를 동일시하는 것을 통해서만 마침내 표현해볼 희망을 품을 수 있을 뿐,

(12)

contemporary descriptions of intercourse
so seldom convey, because newborn and
thus generalized, in the sense of primitive
organisms of art as opposed to
the personal achievement of great
English poets dealing with
an evening in the country, a bit of
sky in a river, the nostalgia of
remote sounds — things utterly beyond the
(reach) of Homer or Horace. Readers are
directed to that book — on a very
high shelf, in a very bad light — but

12

현대의 성교 묘사로는 좀처럼 전하지 못하는 것, 그것은 예술의 원시적 형태라는 의미에서 새로 생겨나 일반화된 것으로, 시골 저녁, 강에 비친 하늘 한 조각, 멀리서 들려오는 소리에서 느끼는 향수 등을 묘사한 영국 대大시인들이 이룩한 개인적 성과와는 반대 극, 즉 호메로스나 호라티우스의 손이 전혀 닿지 않는 곳에 있다. 독자는 그 책—책장의 아주 높은 곳, 아주 희미한 빛 속에 있는—에 시선을 돌리는데, 하지만

(13)

already existing, as magic exists, and death, and as shall exist, from now on, the mouth she made automatically while using that towel to wipe her thighs after the promised withdrawal.

¶ A copy of Glist's dreadful "Glandscape" (receding ovals) adorned the wall. Vital and serene, according to philistine Flora Auroral rumbles and bangs had begun jolting the cold misty city

¶ She consulted the onyx eye on her wrist. It was too tiny and not

13

그 책은 이미 존재하고 있으니, 마법이 존재하고 죽음이 존재하듯이, 그리고 이제부터, 약속했던 철회[3] 후에 아까 그 수건으로 허벅지를 닦으며 버릇처럼 삐쭉였던 그녀의 입이 존재할 것처럼.

보고 있기도 끔찍한 글리스트의 〈G풍경〉(멀어져가는 타원형들) 복제화 하나가 벽을 장식하고 있었다. 교양과는 거리가 먼 플로라의 말에 따르면, 약동적이면서도 고요한 그림이었다. 오로라 같은 서광이 비치며 우르르 쾅하는 울림이 안개가 자욱한 차가운 도시를 흔들기 시작했다〔.〕

그녀는 줄마노로 만든, 눈目처럼 보이는 손목시계를 살펴보았다. 그것은 너무도 작고,

costly enough for its size to go right, she said (translating from Russian) and it was the first time in her stormy life that she knew anyone take of his watch to make love. "But I'm sure it is sufficiently late to ring up another fellow (stretching her swift cruel arm toward the bedside telephone)".

¶ She who mislaid everything dialled fluently a long number

"You were asleep? I've shattered your sleep? That's what you

14

크기에 걸맞게 그리 고가도 아니어서 시간이 제대로 맞지 않는다고 그녀가 말했고(러시아어에서 번역해보면), 나름대로 파란만장한 인생을 살아왔는데 사랑을 나누기 위해 시계를 풀어놓는 사람은 난생 처음 본다고 했다. "하지만, 이제 딴 남자한테 전화를 걸어도 될 만큼 충분히 늦은 시간이라는 건 확실히 알죠(성급하고 잔인한 팔을 침대 옆 전화기 쪽으로 뻗으면서)."

뭐든지 잊어버리곤 하는 그녀가 그 긴 번호의 전화 다이얼을 능숙하게 돌렸다.

"자고 있었어? 내가 단잠을 깨운 거야? 그거 잘됐네.

(15)

deserve. Now listen carefully." And with tigerish zest, monstrously magnifying a trivial tiff she had had with him whose pyjamas (the idiot subject of the tiff) were changing the while, in the spectrum of his surprise and distress, from heliotrope to a sickly gray, she dismissed the poor oaf for ever.

"That's done, she said, resolutely replacing the receiver. Was I game now for another round, she wanted to know.

15

이제부터 잘 들어." 그녀는 호랑이같이 덤벼들어서는 상대와 이전부터 다투고 있던 그의 잠옷(바보 같은 말다툼 주제)과 관련된 하찮은 말다툼을 터무니없이 확대하여 그 불쌍한 멍청이를 영원히 쫓아버렸다. 그동안 그 잠옷은 놀라움과 당혹스러움의 스펙트럼 속에서 연보라색에서 역겨운 회색으로 바뀌었다.

"다 끝났어,〔"〕 수화기를 단호히 내려놓으며 그녀가 말했다. 내가 지금 한 판 더 할 준비가 됐는지 그녀는 알고 싶어했다.

No? Not even a quickie? Well, tant pis
Try to find me some liquor in their kitchen,
and then take me home.
¶ The position of her head, its trustful
poximity, its gratefully shouldered
weight, the tickle of her hair, endured
all through the drive; yet
she was not asleep
and with the greatest exactitude had
the taxi stop to let her out
at the corner of Heine street,
not too far from, nor too close to, her

16

아니라고? 빨리 한 번 해버리는 것도? 뭐, 어쩔 수 없네요. 이 집 부엌에서 술 좀 찾아와주시고, 그다음엔 절 좀 집으로 데려다주세요.

그녀의 머리가 놓인 위치, 신뢰하듯 가까운 거리, 황송하게도 어깨에 전해져오는 무게, 간질이는 머리카락 등은 차를 타고 오는 내내 변함없었지만, 그녀는 잠들지 않았고 놀라울 정도로 정확하게 그녀 집에서 너무 멀지도, 너무 가깝지도 않은 하이네 스트리트 모퉁이에 내려달라며 택시를 세웠다.

(17)

house. This was an old villa backed by tall trees. In the shadows of a side alley a young man with a mackintosh over his white pyjamas was wringing his hands. The street lights were going out in alternate order, the odd numbers first. Along the pavement in front of the villa her obese husband, in a rumpled black suit and tartan booties with clasps, was walking a striped cat on an overlong leash. She made for the front door

17

키 큰 나무들을 등지고 있는 오래된 저택이었다. 옆 골목의 그림자 속에서 하얀 잠옷 위에 레인코트를 걸친 한 젊은 남자가 초조하게 손을 비비고 있었다. 가로등은 하나 걸러 하나씩, 홀수번째부터 불이 나갔다. 구겨진 검은 양복을 입고 목 짧은 체크무늬 버클부츠를 신은 그녀의 비만한 남편은 줄무늬 고양이 한 마리를 너무 긴 줄에 묶어 저택 앞의 보도를 따라 산책시키고 있었다. 그녀는 현관 쪽으로 갔다.

Her husband followed, now carrying the cat. The scene might be called somewhat incongrous. The animal seemed naively fascinated by the snake trailing behind on the ground.

¶¶ Not wishing to harness herself to futurity, she declined to discuss another rendez-vous. To prod her slightly, a messenger called at her domicile three days later. He brought from the favorite florist of fashionable girls a banal bery

18

그녀의 남편은 이번에는 고양이를 안고 그녀를 따라갔다. 그 광경은 뭔가 좀 부조화스러운 장면이라 할 수 있었다. 순진하게도 고양이는 뒤에서 땅 위를 느릿느릿 기어오는 뱀에게 넋을 잃은 것 같았다.

그녀는 미래에 얽매이기를 원치 않아, 다음 만남에 대해 이야기하는 것을 거절했다. 그녀를 가볍게 자극하기 위해, 사흘 후 심부름꾼이 집으로 찾아갔다〔.〕 그는 사교계 아가씨들이 가장 좋아하는 꽃집에서 주문한 진부한 극락조화極樂鳥花[4] 한 다발을 가져왔다.

of bird-of-paradise flowers. Cora, the mulatto chambermaid, who let him in, surveyed the shabby courier, his comic cap, his wan countenance with it three days growth of blond beard, and was about to zaisikerchin and embrace his rustling load but he said "No, I've been ordered to give this to madame herself". "You French?", asked scornful Cora (the whole scene was pretty artificial in a fishy theatrical way). He shook his head — and here

19

그를 들어오게 한 흑백 혼혈인 가정부 코라는, 우스꽝스러운 모자를 쓰고 사흘쯤 면도를 못한 듯 금빛 턱수염이 자라 있는데다 안색이 창백한 배달원의 추레한 차림을 뜯어보고는, 턱을 치켜들고 그가 들고 있던 바스락거리는 짐을 안아서 받으려 했다. "아니요, 저는 이걸 부인께 직접 전달하라는 주문을 받았어요." "당신 프랑스인이지?" 코라가 경멸하듯 물었다(이 장면 전체가 어딘가 수상하고 연극적인 방식을 취한 위조품 같았다). 그는 고개를 저었다. 바로 이때

Madame appeared from the breakfast room. First of all she dismissed Cora with the strelitzias (hateful blooms, regalized bananas, really).

¶ "Look," she said to the beaming bum, "if you ever repeat this idiotic performance, I will never see you again. I swear I wont! In fact, I have a great mind —" He flattened her against the wall between his outstretched arms; Flora ducked, and freed herself, and showed him the door; but the telephone was already ringing ecstatically when he reached his lodgings.

— . —

20

안주인이 거실에서 나와 모습을 드러냈다. 우선 그녀는 코라를 그 파초들(실상은 왕관을 씌운 바나나에 불과한 혐오스러운 꽃들)과 함께 내보냈다.

"이봐요," 희색이 만면한 그 건달에게 그녀가 말했다. "만약 한 번만 더 이런 바보 같은 연기를 하면, 난 절대로 당신 다시 안 봐요. 맹세코 안 볼 거예요! 사실 나도 차라리—" 그는 팔을 쭉 뻗어 그 사이에 그녀를 가두고 벽 쪽으로 밀어붙였다. 플로라는 몸을 홱 굽히고 빠져나와 그에게 나가라고 했다. 그러나 그가 자신의 방에 도착했을 때 이미 전화기는 환희에 차 열광적으로 울어대고 있었다.

Two (1)

Ch. Two

Her grandfather, the painter Lev Linde,
emigrated in 1920 from Moscow to New York
with his wife Eva and his son Adam. He
also brought over a large collection of his
landscapes, either unsold or loaned to
him by kind friends and ignorant institutions
— pictures that were said to be the glory of Russia,
the pride of the people. How many times
art albums had reproduced those meticulous masterpieces
— clearings in pine woods, with a bear cub or two, and
brown brooks between thawing snow-banks,
and the vastness of purple heaths!

제2장

2장 1

그녀의 조부이자 화가인 레프 린데는 1920년 아내 에바와 아들 아담과 함께 모스크바를 떠나 뉴욕으로 왔다. 그때 그는 자신의 방대한 풍경화 컬렉션도 함께 가져왔는데, 그 그림들은 팔리지 않은 것이든 친절한 친구들과 무식한 기관이 그에게 양도한 것이든 모두 러시아의 영광, 인민의 자랑이라 일컬어졌었다. 그 세밀한 걸작들— 새끼 곰 한두 마리가 보이는 소나무숲 속의 빈터, 녹고 있는 눈더미 사이를 흐르는 갈색 개울, 광활한 자줏빛 황야—을 예술 화집들이 얼마나 많이 복사해 싣곤 했던가!

Two (2)

Native "decadents" had been calling them
"calendar tripe" for the last three decades
; yet Linde had always had
an army of stout admirers; mighty few
of them turned up at his exhibitions in
America. Very soon a number of
unconsolable oils found
themselves being shipped back to Moscow, while
another batch moped in rented
flats before trouping up to the attic
or creeping down to the market stall.
¶ What can be sadder than a discouraged

2장 2

고국의 '데카당들'은 지난 30년간 그 작품들을 '시시한 달력 그림'이라고 부르곤 했지만, 린데에게는 언제나 확고한 찬양자 부대가 있었다. 미국에서 열린 그의 전시회에 나타난 건 그들 중 극소수에 불과했다. 그리고 얼마 지나지 않아, 달랠 길 없는 슬픔에 빠진 많은 유화가 모스크바로 돌아가는 배에 실리는 처지가 된 한편, 나머지 유화 더미는 임대 아파트에서 하릴없이 허송세월을 보내다, 다락 창고로 기어올라가거나 시장 가판대로 굴러떨어졌다.

낙담한 예술가가

Two (3)

artist dying not from his own commonplace
maladies, but from the cancer of
oblivion invading his once famous "pictures
such as "April in Yalta" or "The Old
Bridge"? Let us not dwell on the
choice of the wrong place of exile. Let
us not linger at that pityful bedside
¶ His son Adam Lind (he dropped the
last letter on the tacite advice of a misprint
in a catalogue) was more successful. By the age
of thirty he had become a fashionable photographer.
He married the ballerina Lanskaya,

2장 3

그가 앓던 평범한 병이 아니라, 가령 〈얄타의 4월〉이나 〈옛 다리〉같이 한때는 유명했던 자신의 그림을 뒤덮은 망각이라는 암으로 죽어가는 것보다 더 슬픈 일이 과연 있을까? 망명 장소를 잘못 택했다는 사실을 곱씹지는 말자. 그 가련한 침대 머리맡에서 더 머뭇거리지도 말자.

그의 아들 아담 린드(그는 어떤 카탈로그에 난 오자의 암묵적인 충고를 받아들여, 자기 성의 마지막 글자를 빼버렸다)는 부친보다 좀더 성공한 인사였다. 서른 살에 이미 그는 인기 있는 사진가가 되었다. 그는 발레리나인 란스카야와 결혼했는데,

Two (4)

a delightful dancer, though with something
fragile and gauche about her that kept
her teetering on a narrow ledge between
benevolent recognition and the rave reviews
of nonentities. Her first lovers
belonged mostly to the Union of
Property movers, simple fellows
of Polish extraction; but Flora was
probably Adam's daughter. Three
years after her birth Adam discovered
that the boy he loved had strangled
another, unattainable, boy

2장 4

그녀는 보기 좋은 무희였지만, 뭔가 좀 연약하고 어설픈 면이 있어 호의적인 평가와 별 볼 일 없는 사람들이 극찬하는 평론 사이의 좁은 턱에 아슬아슬하게 계속 서 있었다. 그녀의 첫 애인들은 대개 큰 무대장치를 운반하는 인부 조합에 속한 평범한 폴란드계 친구들이었지만, 플로라는 아마도 아담의 딸이 맞을 것이다. 플로라가 태어난 지 3년이 되던 해, 아담은 그가 사랑했던 소년이 더 사랑했지만 손댈 수 없었던 다른 소년을 목 졸라 죽였다는 사실을 알게 되었다.

Two (5)

whom he loved even more. Adam Lind had
always had an inclination for trick photography
and this time, before shooting himself
in a Montecarlo hotel (on the night,
sad to relate, of his wife's very real success
in Piker's "Narcisse et Narcette"),
he geared and focussed his camera in
a corner of the drawing room so
as to record the event from
different angles. These automatic pictures
of his last moments and of a table's lion-paws
did not come out to well; but his widow

2장 5

아담 린드는 아주 오래전부터 눈속임 사진을 찍는 취미가 있었는데, 이번에도 몬테카를로 호텔에서 권총 자살을 하기 전에(애석한 이야기지만, 그날 밤은 그의 아내가 파이커[5]의 〈나르시스와 나르세트〉 공연[6]에서 진짜 큰 성공을 거둔 밤이었다), 객실 구석에 카메라를 설치하고 초점을 맞춰 여러 다른 각도에서 사건이 기록되도록 했다. 그의 마지막 순간들과 사자 발톱처럼 구부러진 탁자 다리 끝이 찍힌 자동 사진들은 그리 잘 나온 편은 아니었다. 하지만 그의 미망인은

Two (6)

easily sold them for the price of a flat in Paris to the local magazine Pitch which specialized in soccer and diabolical faits-divers.

With her little daughter, an English governess, a Russian nanny, and a cosmospolitan lover, she settled in Paris, then moved to Florence, sojourned in London and returned to France. Her art was not strong enough to survive the loss of good looks as well as a certain worsening flaw in her pretty but too prominent right omoplate, and by the

2장 6

축구와 진저리나는 시시껄렁한 스캔들 기사를 전문으로 다루는 지방지 〈피치〉에 그 사진을 쉽게 팔아치워 파리에 아파트 하나를 장만할 수 있었다.

어린 딸과 영국인 가정교사 한 명, 러시아인 유모 한 명, 그리고 전 세계를 이리저리 떠돌아다니는 연인과 함께 그녀는 파리에 정착했다가 얼마 후 피렌체로 옮겼고, 런던에 잠시 머물렀다가 다시 프랑스로 돌아왔다. 그녀는 미모의 상실과, 예쁘긴 하지만 너무 튀어나온 오른쪽 어깻죽지에서 점점 악화되어가는 어떤 결함을 견뎌낼 만큼 기술이 뛰어나지는 않았기에,

Two (7)

age of forty or so we find her reduced to giving dancing lessons at a not quite first-rate school in Paris.

¶ Her glamorous lovers were now replaced by an elderly but still vigorous Englishman ~~Englishman~~ who sought abroad a refuge from taxes and a convenient place to conduct his not quite legal transactions in the traffic of wines. He was what used to be termed a <u>charmeur</u>. His name, no doubt assumed, was Hubert H. Hubert.

¶ Flora, a lovely child, as she said

2장 *7*

마흔 살 무렵에는 파리의 일류 학교가 아닌 곳에서 무용 교습을 하는 처지로 전락했다.

이제 그녀의 화려했던 연인들은, 포도주 밀거래를 하기 편리하고 세금으로부터 자유로운 장소를 찾아 외국으로 온, 연로하지만 여전히 활기찬 한 영국인으로 바뀌었다. 그는 예전에 사용된 용어로 말하자면 유혹자[7]였다. 그의 이름은 가명임이 분명한, 허버트 H. 허버트[8]였다.

Two (8)

herself with a slight shake (dreamy?
Incredulous?) of her head every time she
spoke of those prepubescent years, had
a gray home life marred by ill health,
and boredom. Only some very
expensive, super-Oriental doctor with long
gentle fingers could have analyzed her
nightly dreams of erotic torture in
so called "labs", major and minor
laboratories with red curtains. She did
not remember her father and rather disliked
her mother. She was often alone in

2장 *8*

사춘기 이전 나이 때를 얘기할 때면 언제나 그랬듯이 가볍게 머리를 흔들면서(몽상에 잠겨서? 자기 자신도 못 미덥다는 듯이?) 자기 입으로 사랑스러운 아이였다고 말하는 플로라는, 잔병치레와 지루함으로 점철된 우울한 가정생활을 보냈다. 그녀는 밤마다, 일명 '랩'이라 불리고 붉은 커튼이 내려진 크고 작은 연구실에서의 에로틱한 고문 꿈을 꾸곤 했는데, 이 꿈은 진료비가 아주 비싼, 길고 부드러운 손가락을 가진 엄청 동양적인 의사만이 분석할 수 있었을 것이다. 그녀는 아버지는 기억도 못했고 어머니는 싫어하는 편이었다. 그녀는 종종

Two (9)

the house with Mr. Hubert, who constantly "prowled" (<u>rodait</u>) around her, humming a monotonous tune and sort of mesmerising her, enveloping her, so to speak in some sticky invisible substance and coming closer and closer no matter what way she turned. For instance she did not dare to let her arms hang aimlessly lest her knuckles came into contact with some horrible part of that kindly but smelly and "pushing" old male.

2장 *9*

허버트 씨와 단둘이 집에 있곤 했는데, 그는 단조로운 가락을 흥얼거리며 일종의 최면을 걸고, 이를테면 어떤 끈적끈적하고 보이지 않는 물질로 그녀를 감싸듯이 그녀가 어느 방향으로 몸을 돌리든 상관 않고 점점 더 가까이 다가오며 주위를 계속 '맴돌았다(<u>얼쩡거렸다</u>)'. 그녀는 친절하긴 하지만 악취가 나고 '들이대는' 늙은 남성의 어떤 끔찍한 부위와 행여라도 닿을까봐 자기 팔을 무심코 늘어뜨릴 엄두도 내지 못했다.

Two ⑩

(her)
He told stories about his sad life, he told her about his daughter who was just like her, same age — twelve —, same eyelashes — darker than the ~~dark~~ blue of the iris, same ~~[illegible]~~ hair, blondish or rather palomino, and so silky — if he could be allowed to stroke it, or l'effleurer des levres, ~~like~~ this,,. That's all, thank you. Poor Daisy had been crushed to death by a backing lorry on a country road — short cut home from school —

2장 *10*

그는 그녀에게 자신의 슬픈 인생 이야기를 들려주었고, 그녀와 똑 닮은 자신의 딸에 대해 얘기했다. 그녀와 같은 나이인 열두 살에, 똑같은 속눈썹, 검푸른 눈동자보다도 더 짙은 속눈썹에, 똑같은 머리카락, 금발이나 그보다 짙은 팔로미노[9] 색에 비단같이 매끄러운 머리카락이었다고—만약 쓰다듬도록 허락해준다면 말이지, 아니면 <u>입술을 스치게</u>, 그래, 이렇게 말야, 됐어, 고마워. 그 불쌍한 데이지는 시골길에서 후진하는 대형 트럭에 치여 죽었단다. 학교에서 집으로 오는 지름길에서,

Two (11)

through a muddy construction site — abominable tragedy — her mother died of a broken heart. Mr Hubert sat on Flora's bed, and nodded his bald head acknowledging all the offences of life, and wiped his eyes with a violet handkerchief which turned orange — a little parlor trick — when he stuffed it back into his heart-pocket, and continued to nod as he tried to adjust his thick outsole to a pattern of the carpet. He looked now like a not too successful conjuror paid to tell

2장 **11**

진흙투성이인 건설 현장을 지나다가 그랬어. 끔찍한 비극이었지. 그 애의 엄마는 실의에 빠져 죽어버렸단다. 허버트 씨는 플로라의 침대 위에 앉아 인생에서 저지른 모든 범죄를 시인하듯 대머리를 끄덕였고, 보라색 손수건으로—소소한 속임수를 써서, 그 손수건은 그가 다시 가슴 주머니에 쑤셔넣자 주황색으로 바뀌었다—눈가를 닦고는, 카펫 무늬에 신발의 두꺼운 밑창 바깥쪽을 맞추려 애쓰며 고개를 계속 주억거렸다. 이제 그는 잠자리에 누운 졸린 아이에게 요정 이야기를 해주도록 고용된, 그다지 뛰어나지 못한 마술사처럼 보였지만,

Two (12)

fairytales to a sleepy child at bedtime, but he sat a little too close. Flora wore a nightgown with short sleeves copied from that of the Montglas de Sancerre girl, a very sweet and depraved schoolmate, who taught her where to kick an enterprising gentleman.

A week or so later Flora happened to be laid up with a chest cold. The mercury went up to 38° in the late afternoon and she complained of a dull buzz

2장 12

너무 가까이 앉아 있었다. 플로라가 입은 반소매 잠옷은 몽글라 드 상세르 집안의 소녀가 입고 있던 걸 본뜬 옷으로, 매우 다정하고 타락한 그 같은 반 친구는 끈적하게 들러붙는 신사의 어디를 차야 하는지를 플로라에게 가르쳐준 장본인이었다.

그로부터 일주일쯤 후, 플로라는 기침 감기에 걸려 몸져누웠다. 오후 늦게 수은주가 38도까지 올라갔고, 그녀는 관자놀이가 둔탁하게 지끈거린다고 불평했다.

Two (13)

in the temples. Mrs Lind cursed the old
housemaid for buying asparagus instead
of Asperin and hurried to the pharmacy
herself. Mr Hubert had brought his
pet a thoughtful present: a miniature
chess set ("she knew the moves") with
tickly-looking little holes bored in the squares
to admit and grip the red and white
pieces; the pin-sized pawns penetrated
easily, but the slightly larger noblemen
had to be forced in with an enervating
joggle. The pharmacy was perhaps closed

2장 13

린드 부인은 아스피린 대신에 아스파라거스를 사온 늙은 가정부를 욕하며 몸소 약국으로 서둘러 갔다. 허버트 씨는 그의 귀염둥이에게 사려 깊은 선물을 가져왔다. 미니어처 체스 세트로, 사각형 안에 감질나는 작은 구멍이 파여서 거기에 붉은 말과 하얀 말을 딱 맞게 끼워넣을 수 있었는데("그애는 행마법을 알았지"), 핀 크기의 폰은 쉽게 들어가지만 좀더 큰 귀족 말들은 살짝 흔들어 억지로 끼워넣어야 했다. 약국이 문을 닫아서

Two (14)

and she had to go to the one ~~next to the church~~
or else she had met some friend of hers
in the street and would never return. A
fourfold smell — tobacco, sweat, rum
and bad teeth — emanated from poor
old harmless Mr Hubert, it was
all very pathetic. His fat porous nose with
red nostrils full of hair nearly touched her
bare throat as he helped to prop the
pillows behind her shoulders, and the muddy road
was again, was for ever a short cut between
here and school, between school and death,

2장 14

교회 옆에 있는 다른 약국으로 갔거나, 아니면 길에서 친구를 만났는지 린드 부인은 돌아올 기미가 없었다. 불쌍하고 늙고 무해한 허버트 씨에게서 담배, 땀, 럼주, 충치 냄새가 4중으로 겹친 악취가 풍겼는데, 아주 애처롭기 짝이 없었다. 붉은 콧구멍은 코털로 가득했고, 모공이 송송 뚫린 살진 코는 그녀의 어깨 뒤에 베개를 받쳐주려고 도와줄 때 그녀의 맨목에 거의 닿을 듯했으며, 그리고 다시 그 진흙탕 길, 그녀와 학교 사이, 학교와 죽음 사이를 잇는 지름길에서는

Two (15)

with Daisy's bycycle wobbling in the indelible fog. She, too, had "known the moves", and had loved the en passant trick as one loves a new toy, but it cropped up so seldom, though he tried to prepare those magic positions where the ghost of a pawn can be captured on the square it has crossed.

Fever, however, turns games of skill into the stuff of nightmares. After a few minutes of play Flora grew tired of it, put a rook in her mouth, rejected it,

2장 15

데이지의 자전거가 언제까지나 사라지지 않는 안개 속에서 비틀거리고 있었다. 그녀 역시 '행마법을 알았고', 새로운 장난감을 사랑하듯이 앙파상en passant[10] 기법을 사랑했지만, 그 기법을 쓸 수 있는 경우는 매우 드물었다. 폰이 막 가로질러온 정사각형 위에서 폰의 유령이 잡힐 수 있는 그 마법의 상황을 마련하려고 그가 갖은 애를 썼음에도.

하지만, 열 때문에 솜씨를 겨루는 게임은 악몽 그 자체로 바뀌었다. 플로라는 게임을 몇 분 하고 나자 지쳐버렸고 입속에 룩을 넣었다 도로 뱉는 둥

Two (16)

clowning dully. She pushed the board away
and Mr. Hubert carefully removed it to the chair
that supported the teathings. Then, with a
father's sudden concern, he said "I'm afraid
you are chilly, my love," and plunging a
hand under the bedclothes from his vantage
point at the footboard, he felt her shins
Flora uttered a yelp and then a few
screams. Freeing themselves from the
tumbled sheets her pedalling legs hit
him in the crotch. As he lurched aside,
the teapot, a saucer of raspberry jam,

2장 16

지루해하며 까불었다. 그녀가 체스판을 밀어버리자 허버트 씨는 찻잔 세트가 놓여 있는 의자 위로 체스판을 조심스럽게 치웠다. 그런 다음 갑자기 보통 아버지들이 염려하듯이 "오한이 나는가보구나, 아가"라고 말하며, 자기가 차지하고 있던 침대 발판 부근에서 손을 이불 아래로 집어넣어 그녀의 정강이를 더듬었다[.] 플로라는 날카로운 비명을 내지른 다음 몇 번 더 울부짖었다. 발버둥치던 다리는 엉망으로 구겨진 시트에서 빠져나와 그의 사타구니를 쳤다. 그가 비틀거리며 물러설 때, 찻주전자, 산딸기잼 단지,

Two (17)

an several tiny chessmen joined in the silly
fray. Mrs Lind who had just returned and
was sampling some grapes she had bought,
heard the screams and the crash and
arrived at a dancer's run. She soothed
the absolutely furious, deeply insulted
Mr Hubert before scolding her daughter.
He was a dear man, and his life lay
in ruins all around him. He wanted
to marry him, saying she was the image
of the young actress who had been his wife,
and indeed to judge by the photographs

2장 17

그리고 작은 체스 말 몇 개가 그 바보 같은 난장판에 합류했다. 그때 마침 집으로 돌아와 사온 포도를 몇 알 먹어보던 린드 부인은 비명 소리와 뭔가 깨지는 굉음을 듣고 춤꾼다운 걸음으로 한달음에 달려왔다. 그녀는 딸을 꾸짖기 전에 먼저, 깊이 모욕당해 격노한 허버트 씨를 진정시켰다. 그는 사랑해줘야 할 사람으로, 그의 인생은 온통 폐허였다. 그는 그녀에게 결혼하자며, 그녀가 자신의 아내였던 젊은 배우와 꼭 닮았다고 했는데, 실로 사진을 보고 판단컨대

Two (18)

she, madame Lanskaya, did ressemble poor Daisy's mother.
¶ There is little to add about the incidental, but not unattractive Mr Hubert H. Hubert. He lodged for another happy year in that cosy house and died of a stroke in a hotel lift after a business dinner. Going up, one would like to surmise.

—·—

2장 *18*

그녀, 즉 마담 란스카야는 불쌍한 데이지의 엄마를 닮긴 닮았었다.

주요 인물은 아니지만 매력이 없지는 않은 허버트 H. 허버트 씨에 대해 덧붙일 얘기는 별로 없다. 그는 그 아늑한 집에서 행복한 한 해를 더 하숙했고, 사업차 회식을 한 후에 호텔 엘리베이터 안에서 심장발작을 일으켜 죽었다. 엘리베이터가 올라가는 중이었다고, 지레 짐작을 하고 싶어진다.

Ch. Three

Three (1)

Flora was barely fourteen when she lost her virginity to a coeval, a handsome ballboy at the Carlton Courts in Cannes. Three or four broken porch steps—which was all that remained of an ornate public toilet or some ancient templet—smothered in mints and campanulas and surrounded by junipers, formed the site of a duty she had resolved to perform rather than a casual pleasure she was now learning to taste. She observed with quiet interest the difficulty Jules had of drawing a junior-size sheath over an

제3장

3장 *1*

플로라가 칸에 있는 칼튼 테니스 코트에서 일하는 자기 나이또래의 잘생긴 볼보이에게 처녀성을 잃었을 때는 갓 열네 살이었다. 그것은 이제 겨우 맛보는 법을 배운 가벼운 쾌락이라기보다는 실행에 옮기기로 마음먹은 어떤 의무에 가까웠다. 그 일이 치러진 현장은, 화려하게 장식된 공공 화장실이었거나 고대 신전을 본뜬 작은 회랑이었을 장소에서 유일하게 남은 부서진 현관 계단 서너 단으로, 박하와 도라지꽃에 파묻히고 향나무로 둘러싸여 있었다. 그녀는 쥘이 주니어 사이즈의 콘돔을

Three ②

organ that looked abnormally stout at full erection and had a head turned somewhat askew as if wary of receiving a backhand slap at the ~~decisive moment~~. Flora let Jules do everything he desired except kiss her on the mouth, and the only words said referred to the next assignation.

¶ One evening after a hard day picking up and tossing balls and pattering in a crouch across court between the rallies of a long tournament the poor boy, stinking more than usual, pleaded

3장 2

비정상적으로 단단해 보이고, ~~결정적인 순간에~~ 손등으로 얻어맞을까봐 경계하듯 귀두가 조금 삐뚜름하게 돌아간 한껏 발기된 그 기관에 씌우느라 힘들어하는 모습을 호기심을 품고 조용히 관찰했다. 플로라는 입에 키스하는 것만 빼고는 쥘이 하고 싶은 대로 다 하도록 놔두었고, 그들 사이에 오간 말은 다음번 밀회와 관련된 것뿐이었다.

공을 줍고 던지고, 길게 이어진 토너먼트 경기의 랠리 사이사이에 쭈그린 자세로 코트를 가로질러 후다닥 달리느라 힘든 하루를 보낸 어느 저녁, 평소보다 더 악취를 풍기던 불쌍한 소년은

Three (3)

utter exhaustion and suggested going to a movie instead of making love; whereupon she walked away through the high heather and never saw Jules again — except when taking her tennis lessons with the stodgy old Basque in uncreased white trousers who had coached players in Odessa before World War One and still retained his effortless exquisite style.

¶ Back in Paris Flora found new lovers. With a gifted youngster from the Lanskaya school and another

3장 3

완전히 지쳤다고 호소하며, 사랑을 나누는 대신 영화를 보러 가자고 제안했다. 그러자 그녀는 키가 큰 헤더 사이로 걸어가버렸고, 그후 다시는 쥘을 만나지 않았다. 딱 한 번, 주름 하나 없는 하얀 바지를 입은 따분하고 늙은 바스크인에게 테니스 교습을 받으러 왔을 때를 빼고 말이다. 그 바스크인은 1차대전 전에 오데사에서 선수들을 가르친 경험이 있었고, 유려하면서도 정교한 스타일을 여전히 유지하고 있었다.

파리로 돌아온 플로라는 새 애인들을 만났다. 란스카야 교습소 출신의 재능 있는 한 소년과

Three 

eager, more or less interchangeable couple she would bycycle through the Blue Fountain Forest to a romantic refuge where a sparkle of broken glass or a lace-edged rag on the moss were the only signs of an earlier period of literature. A cloudless September maddened the crickets. The girls would compare the dimensions of their companions. Exchanges would be enjoyed with giggles and cries of surprise. Games of blindman's buff would be played in the buff. Sometimes a voyeur would be shaken out of a tree by the vigilant police.

3장 4

더러는 서로 짝을 교환하기도 하는 정열적인 다른 커플과 함께 플로라는 자전거를 타고 푸른 샘의 숲[11]을 지나 낭만적인 은신처로 소풍을 가곤 했는데, 거기에 남은 이전 시기 문학의 유일한 징표는 이끼 위에서 반짝이는 깨진 유리 파편 하나나 가장자리가 레이스로 된 해진 천조각 하나 정도였다.[12] 구름 한 점 없는 9월이라 귀뚜라미들이 미친듯이 울어댔다. 두 소녀는 자기 동행들의 크기를 비교해보기도 했다. 낄낄거리다가 놀라서 비명을 지르다가 하면서 커플 교환을 즐겼다. 술래잡기 놀이는 알몸으로 했다. 가끔은 순찰을 돌던 경찰에게 관음증 환자가 나무에서 털려나오는 일도 있었다.

Three (5)

¶ This is Flora of the close-set dark-blue eyes and cruel mouth recollecting in her midtwenties fragments of her past, with details lost or put back in the wrong order, TAIL between DELTA and SLIT, on dusty dim shelves, this is she. Everything about her is bound to remain blurry, even her name which seems to have been made expressly to have another one modelled upon it by a fantastically lucky artist. Of art, of love, of the

3장 5

여기, 두 눈 사이가 좁고 검푸른 눈동자에 잔혹한 입매로[13] 과거의 편린들을 회상하는 20대 중반의 플로라가 있다. 세부사항details을 잃어버리거나, 먼지 끼고 어두침침한 선반 위에 도로 가져다 놓으면서 꼬리TAIL를 델타DELTA와 틈SLIT 사이에 순서가 틀리게 두는 그녀다. 그녀에 관한 모든 것이 아무래도 모호하게 남아 있기 마련이다. 기막히게 운이 좋은 예술가가 모델로 삼아 다른 이름을 짓기 좋도록 일부러 고안된 것처럼 보이는 그녀의 이름마저도. 예술에 대해, 사랑에 대해,

three (6)

difference between dreaming and waking she knew nothing but would have darted at you like a flatheaded blue serpent if you questioned her

3장 6

몽상과 각성의 차이점에 대해 그녀는 아무것도 몰랐지만, 만약 당신이 〔꿈꾸는 것에 대해 얼마나 알고 있는지〕* 그녀를 추궁하면, 그녀는 마치 납작머리 푸른 뱀처럼 당신에게 덤벼들 것이다.

* 원문 knowledge of dreaming은 지우개로 지워 흔적만 남아 있다.

Fred (7)

She returned with her mother and Mr. Espenshade to Sutton, Mass. where she was born and now were to college in that town

At eleven she had read A quoi revent les enfants, by a certain Dr Freud, a madman.

St Leger d'Exu

The extraits came in a perse serie of Les great representant de notre epoque through why great represent wrote so badly remained a mystery

3장 *7*

그녀는 어머니와 에스펜셰이드 씨와 함께 자신이 태어난 매사추세츠 주의 서턴으로 돌아와 그곳의 대학에 들어갔다.

열한 살에 그녀는 프로이트 박사인가 뭔가 하는 어떤 광인이 쓴 『아이들은 무엇을 꿈꾸는가』를 읽었다.

위대한 대표자들이 왜 그렇게 글을 못 쓰는지는 여전히 의문이지만, 생 레제 덱쥐페르스[14)]의 '우리 시대의 위대한 대표자들' 시리즈 중 한 권으로 그 요약본이 출간된 바 있다.

Sutton College

Ex O

A sweet Japanese girl, who took Russian and French because her stepfather was half French and half Russian, taught Flora to paint her left hand up to the radial artery (one of the tenderest areas of her beauty) with minuscule information, in so called "fairy" script, regarding names, dates and ideas. Both cheats had more French than Russian; but in the latter the possible questions formed, as it were, a banal bouquet of probabilities:

서턴 대학

Ex 〔0〕

프랑스인과 러시아인 피가 반씩 섞인 혼혈 양아버지 덕분에 러시아어와 프랑스어를 할 줄 알았던 한 다정한 일본인 소녀가 플로라에게 이름이나 날짜 혹은 개념과 관련된 자잘한 정보를 일명 '요정' 필기체로 요골동맥(그녀의 미모 중 가장 말랑말랑한 부위 중 하나)까지 왼손에 그려넣는 법을 가르쳐주었다. 두 부정행위자 모두 러시아어보다는 프랑스어 쪽이 편했지만, 말하자면 경우의 수로 만든 진부한 꽃다발 형태를 이룬 예상 질문들은 전자의 언어로 적었다.

Ex Q

Kind of in Rus?
What folklore preceded poetry; speak a little of
Lom. and Derzh.; paraphrase T's
letter to E.O.; what does I.I.'s doctor
deplore about the temperature of his own hands
when preparing to his patient? — such
was the information demanded by the Professor of Russian
Literature (a forlorn looking man bored
to extinction by his subject). As to the lady
who taught French Literature all she needed
were the names of modern French writers
and their listing on Flora's palm caused
a much denser tickle Especially memorable

Ex 〔\〕

러시아에서 시 이전에 존재한 민간전승은 무엇인가? Lom.과 Derzh.[15]에 대해 간략히 논하라. T가 E. O.[16]에게 보낸 편지를 요약하라. I. I.[17]의 의사는 자기 환자에게 〔 〕을 하려고 준비하면서 자기 손의 온도에 대해 뭐라고 푸념했는가? 이상이 러시아문학 교수(자신의 과목이 지겨워 죽을 지경인, 쓸쓸해 보이는 남자)가 요구하는 지식이었다. 프랑스문학을 가르치는 숙녀분 쪽을 보자면, 그녀가 요구하는 것은 현대 프랑스 작가의 이름들뿐이었고, 플로라의 손바닥에 나열된 작가 목록은 훨씬 더 촘촘히 적혀 심한 간지럼을 일으켰다〔.〕 특별히 기억해둘 만한

modern French writers   Ex

was the little cluster of interlocked names on the ball of Flora's thumb: Malraux, Mauriac, Maurois, Michaux, Michima, Montherland and Morand. What amazes one is not the alliteration (a joke on the part of a mannered alphabet); not the inclusion of a foreign performer (a joke on the part of that fun loving little Japanese girl who would twist her limbs into a pretzel when entertaining Flora's Lesbian friends); and not even the fact that virtually all those writers were stunning mediocrities

현대 프랑스 작가

Ex〔\\\〕

현대 프랑스 작가들은, 서로 맞물리는 이름들로 플로라의 엄지손가락 볼록한 부분에 옹기종기 작게 무리지어 있었다. 말로Malraux, 모리아크Mauriac, 모루아Maurois, 미쇼Michaux, 미시마Michima, 몽테를랑Montherlant, 모랑Morand. 놀라운 것은 두운 맞춤(틀에 박힌 알파벳 농담)도 아니고, 외국인 작가가 끼어든 것(장난치기 좋아하는 그 작은 일본 소녀가 농담삼아 넣은 것으로, 그녀는 플로라의 레즈비언 친구들을 즐겁게 해줄 때 자기 사지를 프레첼 과자처럼 꼬아대곤 했다)도 아니고, 나열된 모든 작가가 사실 작가로서는 어이없을 정도로 평범한 축에 속한다는 사실

Ex

as writers go (the first in the list being the worst); what amazes one is that they were supposed to "represent an era" and that such representants could get away with the most execrable writing, provided they represent their times.

Ex 〔\\\〕

(그것도 제일 처음 나열된 이가 가장 최악이다)도 아니다. 놀라운 것은 그들이 '시대를 대표'하기로 되어 있다는 점, 그리고 자기 시대를 대표하기만 한다면, 그 대표자들은 그토록 형편없는 글솜씨로도 빠져나갈 구멍이 있다는 점이다.

Four ①

Chapter Four

¶ Mrs Lanskaya died on the day her daughter graduated from Sutton College. A new fountain had just been bequeated to its campus by a former student, the widow of a shah. Generally speaking, one should carefully preserve the transliteration the feminine ending of a Russian surname (such as -aya, instead of the masculine -iy or -oy) when the woman in question is an artistic celebrity. So let it be "Landskaya" — land and sky and the melancholy echo

제4장

4장 1

란스카야 부인은 딸이 서턴 대학을 졸업하던 날 죽었다. 마침 어떤 샤[18]의 미망인인 졸업생이 새로 분수 하나를 대학 캠퍼스에 기증한 참이었다. 일반적으로 말해, 여성형으로 끝나는 러시아인의 성(가령 남성 어미 -iy나 -oy 대신에 쓰는 -aya 같은)을 음역할 때, 문제의 여성이 예술계의 유명인사인 경우 그 여성 어미를 특히 주의해서 보존해야 한다. 그러니 '랜드스카야Landskaya' 정도는 그냥 봐주기로 하자. 땅land과 하늘sky, 그리고 무용수 시절 이름이 남긴 우울한 여운이라 보고.

Four ②

of her dancing name. The fountain took quite a time to get correctly erected after an initial series of unevenly spaced spasms. The potentate had been potent till the absurd age of eighty. It was a very hot day with its blue somewhat veiled. A few photographs moved among the crowd as indifferent to it as specters doing their spectral job. And certainly for no earthly reason does this passage resemble in rythm another novel,

4장 2

그 분수는 초반에 불규칙적으로 몇 번 발작했고 물줄기가 똑바로 서기까지 꽤 시간이 걸렸다. 그 절대권력자는 여든이라는 터무니없는 나이까지 정력이 왕성했다고 한다. 푸른 베일에 덮인 듯한 매우 뜨거운 날이었다. 유령들이 유령 업무를 보듯이 사진사 몇 명이 무관심한 표정으로 인파 사이를 돌아다녔다. 그리고 분명 그럴 이유가 전혀 없는데, 이 구절은 또다른 소설,

Four ③

My Laura, where the mother appears as "Maya Umanskaya", a fabricated film actress.

Anyway, she suddenly collapsed on the lawn in the middle of the beautiful ceremony. A remarkable picture commemorated the event in "File". It showed Flora kneeling belatedly in the act of taking her mother's non-existent pulse, and it also showed a man of great corpulence and fame, still unacquainted with Flora: he stood just behind her, head bared and bowed, staring at the white of her

4장 3

즉 여주인공의 어머니가 '마야 우만스카야'라는 가공의 영화배우로 등장하는 『나의 로라』와 그 리듬 면에서 유사하다.

어쨌든 그녀는 그 아름다운 졸업식 중간에 갑자기 의식을 잃고 잔디밭에 쓰러졌다. 그 사건을 기념하는 주목할 만한 사진 한 장이 '파일' 속에 남아 있다. 그 사진에는 플로라가 뒤늦게 무릎을 꿇고 어머니의 이미 잡히지 않는 맥을 짚는 모습, 그리고 여전히 플로라와 어색한 사이인, 대단히 비만한 체구와 높은 명성을 지닌 남자의 모습이 보인다. 그는 그녀 바로 뒤에 서서 모자를 벗은 머리를 숙여,

Four (4)

legs under her black gown and at the fair hair under her academic cap.

4장 4

검은색 졸업 가운 아래 드러난 그녀의 하얀 다리와 학사모 밑으로 늘어뜨린 금발을 응시하고 있었다.

Five ①

Chapter Five

¶ A brilliant neurologist, a renowned lecturer
a gentleman of independent means, Dr. Philip
Wild had everything save an attractive
exterior. However, one soon got over the
shock of seeing that enormously fat
creature mince toward the lectern on
ridiculously small feet and of
hearing the cock-a-doodle sound with
which he cleared his throat before starting
to enchant one with his wit. Laura disregarded
the wit but was mesmerized by his fame
and fortune.

제5장

5장 1

훌륭한 신경학자이자 유명한 강연자이며, 일하지 않아도 자립할 만한 수입이 있는 신사 필립 와일드 박사는 매력적인 외모 말고는 모든 걸 다 가졌다. 하지만 뚱뚱한 거구의 그가 우스꽝스러울 정도로 작은 발로 연단을 향해 부자연스러운 종종걸음으로 다가가는 모습과 꼬끼오 꼬꼬거리며 목을 가다듬는 소리에서 청중이 받은 충격은, 그가 위트로 사람들의 혼을 쏙 빼놓기 시작하면 바로 가시곤 했다. 로라는 그 위트를 무시했지만, 그의 명성과 재산에는 넋을 잃었다.

Fire (2)

¶ Fans were back that summer – the summer she made up her mind that the eminent Philip Wild, PH, would marry her. She had just opened a boutique d'éventails with another Sutton coed and the Polish artist Rawitch, pronounced by some Raw Itch, by him Rah Witch. Black fans and violet ones, fans like orange sunbursts, painted fans with clubtailed chinese butterflies oh they were a great hit, and one day Wild came and bought five (five speading out her own fingers like pleats)

5장 2

그해 여름, 그녀가 그 저명한 필립 와일드 박사와 결혼하기로 결심한 그 여름에는 부채가 다시 유행했다. 그녀가 또다른 서턴 대학 동창 한 명, 그리고 보통 로 이치Raw Itch 정도로 발음되는데 그 자신은 라 위치Rah Witch로 발음하는 라비치Rawitch란 이름의 폴란드인 예술가와 동업으로 부채를 취급하는 부티크를 개업한 지 얼마 지나지 않은 때였다. 검은색 부채와 보라색 부채, 구름 사이로 비치는 오렌지색 햇살 같은 부채, 꼬리 끝단이 부푼 중국 나비 문양이 그려진 부채 등은 실로 대단한 인기를 끌었고, 어느 날 와일드는 부티크에 와서 부채를 다섯 개(그녀는 자기 손가락을 치마의 주름처럼 펼치며 다섯이라고 했다) 사며,

Five (3)

for " two aunts and three nieces " who did
not really exist, but never mind, it was
an unusual extravagance on his part
His shyness suprized and amused FLaura.
¶ Less amusing suprises awaited her.
To-day after three years of marriage she
had enough of his fortune and fame.
He was a domestic miser. His New Jersey
house was absurdly understaffed. The
ranchito in Arizona had not been
redecorated for years. The villa on the

5장 3

“두 명의 이모와 세 명의 조카딸”을 위해서라고 했다. 이 이모나 조카딸 들은 실존하는 인물이 아니었지만 그런 건 아무래도 좋은 것이, 그로서는 흔치 않은 낭비였기 때문이다〔.〕 그의 수줍음은 플로라FLaura를 놀라게도 하고 즐겁게도 했다.

그것만큼 즐겁지는 않은 놀라움이 그녀를 기다리고 있었다. 결혼한 지 3년이 지난 현재, 그녀는 그의 재산과 명성에 이미 넌더리가 났다. 그는 집 안에서 구두쇠처럼 굴었다. 그의 뉴저지 저택에는 사람이 턱없이 부족했다. 애리조나에 있는 목장의 오두막집은 수년 동안 개조한 적이 없었다. 리비에라에 있는 별장에는

Five ④

Riviera had no swimming pool and only one bathroom. When she started to change all that, he would emit a kind of mild creak or squeak, and his brown eyes brimmed with sudden tears.

¶

5장 4

수영장도 없고 욕실도 하나밖에 없었다. 그녀가 그 모든 것을 바꾸려고 하자, 그는 이를 가는 것처럼 빠드득대고 삐걱거리는 소리로 약하게 신음했고, 그의 갈색 눈에는 갑자기 눈물이 가득 고였다.

Five (5)

She saw their travels in terms of adverts and a long talcum-white beach with the tropical breeze tossing the palms and her hair; he saw it in terms of forbidden foods, frittered away time, and ghastly expenses.

5장 5

그녀는 그들의 여행을 일종의 광고로, 열대의 미풍에 야자수 잎과 머리카락이 나부끼고 백운모의 해변이 길게 이어진 광고로 보았고, 같은 여행을 그는 금단의 음식, 시간 낭비와 터무니없는 비용이라는 관점에서 보았다.

Ivan Vaughan

chapter

My

The novel Laura was begun very soon after the end of the love affair it depicts, was completed in one year, published three months later. and promptly torn apart by a book reviewer in a leading newspaper. It grimly survived and to the accompaniment of muffled grunts on the part of the librarious fates, its invisible hoisters, it wriggled up to the top of the bestsellers' list then started to slip, but stopped at a midway step in the vertical ice. A dozen

~~제5장~~*

~~5장 1~~

이반 본

장편소설 『나의 로라』는 그 안에 묘사된 연애가 끝난 직후에 집필을 시작해 1년 만에 완성, 석 달 후에 출판했는데, 곧바로 한 주요 일간지에서 어느 서평가의 혹평을 받아 갈가리 찢겼다. 그 소설은 악착같이 살아남아, 책의 운명을 관장하는 신들, 위로 끌어올리는 보이지 않는 손들이 꾹 눌러 참은 소리로 투덜투덜 푸념을 내뱉는 가운데 베스트셀러 목록 맨 위까지 꿈틀거리며 기어올라갔다가 다시 미끄러져 내려오기 시작했지만, 수직 빙벽의 중간 지점에서 멈췄다. 한 다스의

* 5장으로 표기했다가 5를 지운 흔적이 남아 있다. 장 번호를 바꾸려 했던 것으로 추정된다. (원주)

Five 2

Sundays passed and one had the impression that *Laura* had somehow got stuck on the seventh step (the last respectable one) or that, perhaps, some anonymous agent working for the author was buying up every week just enough copies to keep *Laura* there; but a day came when the climber above lost his foothold and toppled down disloging number seven and eight and nine ~~and~~ a general collapse beyond any hope of recovery.

5장 2

일요일이 지나는 동안,[19] 사람들은 『로라』가 일곱번째 단계(존중받을 수 있는 마지노선)에 약간 끼어 있는 듯한 인상, 아니 어쩌면 저자를 위해 일하는 어떤 익명의 에이전트가 『로라』를 그 순위에 계속 있게 하기에 충분한 딱 그만큼의 부수만 매주 사들이고 있다는 인상을 받았다. 그러나 위로 오르던 등반가가 실족하여 제자리인 7위를 벗어나 8위와 9위로 추락하며, 회복될 기미 없이 일반적인 붕괴 일로를 걷는 날이 왔다.

Five 3

¶ The "I" of the book is a neurotic and hesitant man of letters, who destroys his mistress in the act of portraying her. Statically—if one can put it that way—the portrait is a faithful one. Such fixed details as her trick of opening her mouth when toweling her inguen or of closing her eyes when smelling an inodorous rose are absolutely true to the original.

5장 *3*

그 책 속의 '나'는 신경과민에 소심한 문필가로, 자기 정부의 초상을 그림으로써 동시에 그녀를 파괴해버린다. 정지 상태에서 보면—그걸 그렇게 둘 수 있다면—그 초상은 충실하다. 그녀가 허벅지 안쪽의 사타구니 부분을 수건으로 닦으며 입을 벌리거나, 향기 없는 장미의 향을 맡으며 두 눈을 감는 술책같이 정해진 세부들은 원본과 완전히 일치한다.

spare prose of the author

Similarly with its pruning of rich adjectives

이와 같이
호사스러운 형용사들은 모두 가지치기해버린 저자의 메마른 산문체

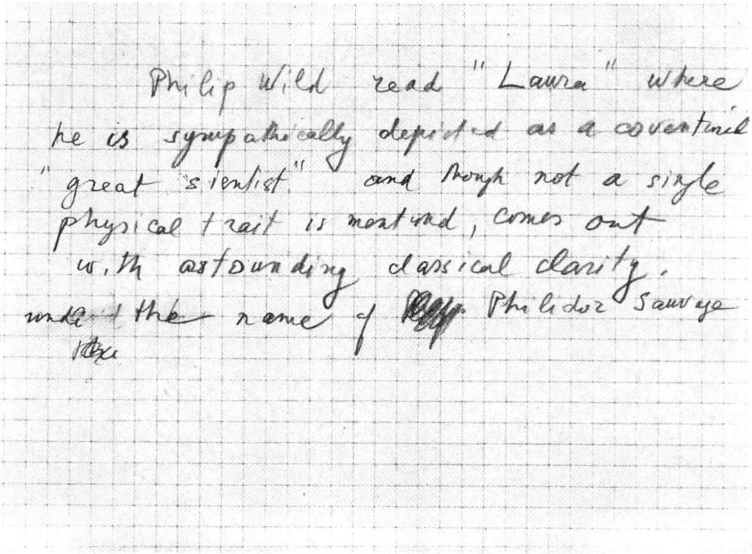
"Philip Wild read "Laura" where he is sympathetically depicted as a conventional "great sientist" and though not a single physical trait is mentioned, comes out with astounding classical clarity. under the name of Philidor Sauvage

필립 와일드는 『로라』를 읽었는데, 거기서 그는 극히 상투적인 '훌륭한 과학자'로서 동정적으로 묘사되며, 신체적 특징은 하나도 언급되지 않았지만 경탄할 만큼 고전적인 명료함으로 필리도르 소바주Philidor Sauvage[20]라는 이름으로 등장했다.

Times Dec. 18 75

Find substitute term for enkephalin

"An enkephalin [c?], present in the brain has now been produced synthetically." "It is like morphine and other opiate drugs" Further research will show how and why "morphine has for centuries produced relief from pain and feelings of euphoria".

[invent tradename, e.g. cephalopium]

[I taught thought to mimick an imperial neurotransmitter, an awsome messenger carrying my order of self destruction to brain. Suicide made a pleasure,

〈타임스〉 1975년 12월 18일자

〔6장〕*

"뇌 속에 존재하는 엔케〔?〕팔린은 지금까지 인공적으로 합성되었다" "그 물질은 모르핀과 비슷하고 다른 아편제들과도 비슷하다" 연구가 더 진전되면, 어떻게 그리고 왜 "모르핀이 수세기 동안 통증을 완화하고 희열감을 가져왔는지" 밝혀질 것이다.

(상품명 짓기, 예를 들면 세팔로피움[21] 같은〔,〕 엔케팔린을 대체할 만한 용어 찾기)

나는 자기를 파괴하라는 나의 명령을 나 자신의 뇌에 운반해주는 경이로운 전달자인 특급 신경전달물질을 흉내내도록 생각을 가르쳤다. 자살은 쾌락을 가져오고,

* 드미트리 나보코프가 나중에 붙인 장 번호.

Do—

D its tempting emptiness

Do

D[22]

그것의 유혹적인 공허

Settling for a single line

D1

The student who desires to die should learn first of all to project a mental image of himself upon his inner blackboard. This surface which at its virgin best has a dark-plum, rather than black, depth of opacity is none other than the underside of one's closed eyelids.

¶ To ensure a complete smoothness of background, care must be taken to eliminate the hypnagogic gargoyles and entoptic swarms which plague tired

단 한 줄에 만족하기

𝒟 1

죽기를 열망하는 수련자는 무엇보다도 먼저 자기 자신의 심적 이미지를 내면의 칠판 위에 투사하는 법을 배워야 한다. 손상 없는 최상의 상태일 때 검은색보다는 짙은 자줏빛에 가까운 불투명한 깊이를 지니는 이 표면은 다름아니라 바로 감은 눈꺼풀의 안쪽일 뿐이다.

배경을 완벽히 매끄러운 상태로 두기 위해서는 선잠이 든 괴물 형상의 낙수 석상들과 눈 속에서 떼 지어 다니는 내시內視 현상[23]의 잔상들을 제거하는 데 주의를 기울이지 않으면 안 된다.

D2

vision after to a surfeit of poring over a collection of coins or insects. Sound sleep and an eyebath should be enough to cleanse the locus.

Now comes the mental image. In preparing for my own experiments — a long fumble which these notes shall help novices to avoid — I toyed with the idea of drawing a fairly detailed, fairly recognizable portrait of myself on my private blackboard. I see myself

D 2

그 잔상들은 수집한 동전이나 곤충을 자세히 보느라 눈이 피곤해지면 나타나 시야를 방해하곤 한다. 숙면과 눈 씻는 용기容器 하나면 그곳을 세척하기에 충분할 것이다.

이제 심적 이미지 차례다. 나 자신을 대상으로 삼은 실험—초보자들은 이 원고의 도움으로 피하게 될, 길고 긴 암중모색—을 준비하면서, 나는 나만의 사적인 칠판에 꽤 상세하고 나임을 꽤 쉽게 알아볼 수 있는 자화상을 그려볼까 하는 생각을 잠깐 했다.

D 3

in my closet glass as an obese bulk
with formless features and
a sad porcine stare; but my visual
imagination is nil, & I am quite
unable to tuck Nigel Delling under my
eyelid, let alone keeping him there in
a fixed aspect of flesh for
any length of time. I then tried
various stylizations: a Delling-like doll,
a sketchy skeleton. Or would the
letters of my name do? Its recurrent "i"

D 3

벽장 거울에 비친 내 모습이, 형체 없이 허물어진 이목구비에 슬픈 돼지 같은 시선으로 빤히 쳐다보고 있는 비만한 덩치로 보였다. 하지만 나에게는 시각적 상상력이 전혀 없다. 나는 도저히 내 눈꺼풀 아래로 나이절 델링Nigel Delling[24]을 들이밀 수 없으니, 하물며 육신을 고정한 상태로 그를 거기에 일정 시간 두는 건 더 말할 것도 없다. 그리하여 나는 여러 다양한 양식화를 시도해보았다. 델링Delling을 닮은 인형, 골격의 개략도. 그것도 아니면 내 이름의 철자들로 해볼까? 내 이름에서 반복되는 'i'[25]

D 4

~~coinciding with our favorite pronoun~~)
(suggested an elegant solution: a simple vertical line across my field of inner vision could be chalked in an instant, and what is more I could mark lightly by transverse marks the three divisions of my physical self: legs, torso, and head
¶

D 4

누구나 좋아하는 대명사와 일치하는 이 철자는 한 가지 우아한 해법을 제시한다. 나의 머릿속 시야를 관통하는 간단한 수직선 하나를 순식간에 분필로 긋고, 그 위에 횡단선을 가볍게 그어 내 육체적 자아를 삼분할하여 표시할 수 있다. 다리, 몸통, 그리고 머리로

D5

¶ Several months have now gone since I began working — not every day and not for protracted periods — on the upright line emblemazing me. Soon, with the strong thumb of thought I could rub out its base, which corresponded to my joined feet. Being new to the process of self-deletion, I attributed the ecstatic relief of getting rid of my toes (as represented by the white pedicule I was erasing with more than masturbatory joy) to the fact that ever since I suffered torture

D5

나를 표상하는 수직선에 공들이기 시작한 지—매일 한 것도, 오래 한 것도 아니지만—이제 몇 달이 지났다. 곧 나는 그 수직선의 맨 아랫부분, 즉 모은 내 두 발에 해당하는 부분을 생각의 힘센 엄지손가락으로 지워버릴 수 있게 되었다. 자기 삭제 과정에 갓 입문한 나는 내 발가락들(자위보다 더 큰 희열을 느끼며 지우는, 하얗게 맺힌 결절結節로 표상되는)을 제거하며 황홀한 안도감을 느꼈던 원인을,

D6

the sandals of childhood were replaced by smart shoes, whose very polish reflected pain and poison. So what a delight it was to amputate my tiny feet! Yes, tiny, yet I always wanted them, rolly polly dandy that I am, to seem even smaller. The (chi) daytime footware always hurt, always hurt. I waddled home from work and replaced the agony of my dapper oxfords by the comfort of old bedslippers. This act of mercy inevitably drew from me a voluptous

D 6

어린 시절 신던 샌들 대신 통증과 독성으로 반짝이는 맵시 있는 구두를 신게 된 이래로 내가 줄곧 고초를 겪었다는 사실에서 찾았다. 그러니 나의 아주 작은 두 발을 절단해버리는 그 기쁨이 얼마나 컸겠는가! 그렇다, 아주 작다, 그러나 뒤룩뒤룩 살찐 댄디였던 나는 항상 그것들이 더 작아 보였으면 했다. 낮에 신는 신발은 항상 아팠다, 정말 온종일 아팠다. 나는 일터에서 집으로 뒤뚱뒤뚱 걸어 돌아와서는, 말쑥한 옥스퍼드화가 주는 극도의 고통을 오래된 침실용 슬리퍼의 편안함으로 바꾸곤 했다. 고통을 덜어주는 이 행위는 어김없이 내 안에서 관능적인 한숨을 뽑아냈고,

D7

sigh which my wife, whenever I imprudently let her hear it, denounced as vulger, disgusting, obscene. Because she was a cruel lady or because she thought I might be clowning on purpose to irritate her, she once hid my slippers, hid them furthermore in separate spot as one does with delicate siblings in orphanages, especially on chilly nights, but I forthwith went out and bought twenty pairs of soft, soft Carpetoes while hiding my tear-staining face under a Father Christmas mask, which frightened the shopgirls.

D 7

내가 무심코 한숨 소리를 낼 때마다 아내는 천박하고 역겹고 외설스럽게 들린다고 맹렬히 비난하곤 했다. 〔그녀가〕 무자비한 숙녀라서인지, 아니면 그녀를 괴롭힐 목적으로 내가 광대짓을 한다고 생각했기 때문인지는 모르지만, 한번은 그녀가 내 슬리퍼를 숨긴 적이 있었다. 마치 고아원에서 병에 걸리기 쉬운 허약한 형제자매들을 다루듯이 한 짝씩 따로따로 별개의 장소에, 그것도 유난히 추운 밤에. 하지만 나는 곧바로 집을 나가 푹신푹신하고 부드러운 실내화Carpetoes[26] 스무 켤레를 사왔는데, 눈물로 얼룩진 얼굴을 산타클로스 가면 아래 숨기고 가서 점원 아가씨들이 흠칫 놀랐다.

the orange awnings of southern summers

D8

¶ For a moment I wondered with some apprehension if the deletion of my procreative system might produce nothing much more than a magnified orgasm. I was relieved to discover that the process continued sweet death's ineffable sensation which had nothing in common with ejaculations or sneezes. The three or for times that I reached that stage I forced myself to restore the lower half of my white "I" on my mental blackboard and thus wriggle out of my perilous trance. ¶

남쪽 지방에서 여름에 쓰는 오렌지색 햇빛 가리개들[27]

D 8

한동안 나는 생식체계의 삭제가 한 번의 과대 오르가슴 정도만 일으키고 마는 건 아닐까 염려했다. 그 과정이 달콤한 죽음의 형언할 수 없는 쾌감을 계속 연장할 뿐, 사정射精이나 재채기와는 관계없음을 알게 되자 안심이 됐다. 한 서너 번쯤 나는, 하얀 '나'의 아래쪽 반절을 억지로 마음속 칠판 위에 복구해 위험천만한 무아지경 상태에서 가까스로 빠져나오는 단계까지 도달하기도 했다.

I, Philip Wildon- D9

Lecturer in Experimental Psychology, University of Ganglia

suffered for the last seventeen years from a humiliating stomach ailment which severely limited the jollities of companionship in small dining rooms

D 9

나, 필립 와일드, 갱글리아[28] 대학의 실험심리학과 강사인 나는 지난 17년간 굴욕적인 위장병 때문에 조촐한 식당에서 동료와 술자리를 갖는 것까지 엄격히 제한해야 했다.

D10

I loathe my belly, that trunkful of bowels, which I have to carry around, and everything connected with it — the wrong food, heartburn, constipation's leaden load, or else indigestion with a first installment of hot ~~torrent of~~ filth pouring out of me in a public toilet three minutes before a punctual engagement.

D 10

내가 혐오하는 것은 나의 배, 즉 내가 지니고 다녀야 하는 몸통을 한가득 채운 창자들과, 그와 관련된 모든 것이다. 나쁜 음식, 속쓰림, 변비로 오래 묵은 회색 덩어리, 혹은 시간을 엄수해야 하는 약속 3분 전 공중 화장실에서 뜨거운 오물의 첫 회분을 속에서 쏟아내게 하는 소화불량도.

~~Loins~~ 211
Heart
[or Loins?]

There is, there was, only one girl in my life, an object of terror and tenderness, an object, too, of universal compassion on the part of millions who read about her in her lover's books. I say "girl" and not woman, not wife nor wench. If I were writing in my first language I would have said "fille". A sidewalk cafe, a summer-striped sunday: il regardait passer les filles — that sense. Not professional whores, not necessarily well to-do tourists but "fille" as a translation of "girl" which I now retranslate:

심장(혹은 사타구니?)

D 11

지금도, 옛날에도 내 삶에는 오직 단 한 소녀가 존재하고 존재했다. 두려움과 애정의 대상이며, 그녀의 애인이 쓴 책에서 그녀에 대해 읽은 수백만 독자들로부터 보편적인 공감의 대상이 된 한 소녀. 나는 여자도 아니고, 아내도 처자도 아닌 '소녀girl'라는 표현을 쓰고 있다. 만약 내가 모국어로 쓰는 중이었다면 'fille'[29]라고 했을 것이다. 노천카페, 완연한 여름 어느 일요일, 그는 지나가는 소녀들을 바라보고 있었다il regardait passer les filles, 이런 의미로. 매춘부도 아니고, 그렇다고 꼭 부유한 관광객이라고도 할 수 없는, 내가 재번역한 '소녀girl'의 번역어로서의 'fille'.

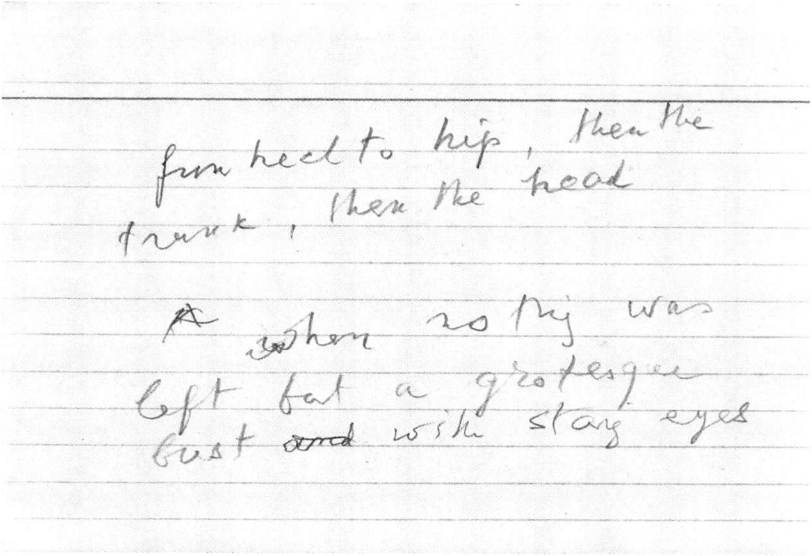

from heel to hip, then the
trunk, then the head

~~A~~ when nothing was
left but a grotesque
bust ~~and~~ with staring eyes

발꿈치에서 엉덩이까지, 그다음에는 몸통, 또 그다음에는 머리
노려보는 두 눈이 붙은 그로테스크한 흉상胸像 말고는 아무것도 남지 않을 때까지

Sophrosyne. a platonic term for ideal self-control stemming from man's rational core.

절제,[30] 인간의 이성적인 중심부에서 파생된 이상적인 자기 제어를 가리키는 플라톤의 용어.

Wild 

¶ I was enjoying a petit-beurre with my ~~morning~~ noontime tea when the droll configuration of that particular biscuit's margins set into motion a train of thought that may have occurred to the reader even before it occurred to me. He knows already how much I disliked my toes. An ingrown nail on one foot and a a corn on the other were now pestering me. ~~Would it not be a brilliant move, I thought,~~ to get rid of my toes by sacrificing them to an experiment that only

〔7장〕*

와일드 〔*O*〕

한낮의 티타임에 나는 버터 비스킷 한 조각을 곁들여 먹곤 했고, 그 특정 비스킷의 우스꽝스러운 가장자리 형태는 꼬리에 꼬리를 물고 일련의 생각을 작동시켰는데, 그 생각은 내가 떠올리기도 전에 독자가 먼저 떠올릴지도 모른다.[31] 독자는 내가 얼마나 나의 발가락을 싫어하는지 이미 알고 있을 것이다. 한쪽 발에는 살로 파고든 발톱 하나가, 다른 쪽 발에는 티눈 하나가 지금 나를 성가시게 하고 있다. 단지 겁이 나서 계속 미루고 있었지만, 실험에 내 발을 희생시켜 아예 제거해버리는 것이 묘수가 아닐까

* 드미트리 나보코프가 나중에 붙인 장 번호.

Wild 

cowardness kept postponing? I had alwas restored, on my mental blackboard, the symbols of deleted organs before backing out of my trance. Scientific curiosity and plain logic demanded I prove to myself that if I left the flawed line alone, its flaw would be reflected in the condition of this or that part of my body. I dipped a last petit-beurre in my tea, swallowed the sweet mush and resolutely started to work on my wretched flesh.

와일드 〔\〕

하는 생각이 들었다. 무아지경 상태에서 빠져나오기 전에 나는 항상, 삭제된 기관들을 상징하는 기호를 내 마음속 칠판 위에 원래대로 복원해두곤 했다. 이때 만약 결함이 있는 선 하나를 달랑 남겨둔다면 과연 그 결함이 내 몸 이런저런 부분의 상태에 반영될지 스스로 증명해보라고 과학적 호기심과 명쾌한 논리는 요구했다. 나는 마지막 버터 비스킷 조각을 차에 담가, 달콤한 죽이 된 그것을 삼키고는 결연히 내 비참한 육신에 골몰하기 시작했다.

¶ Testing a discovery and finding it
correct can be a great satisfaction but
it can be also a great shock mixed
with all the torments of rivalry and
ignoble envy. I know at least two
such rivals of mine – you, Curson, and you, Croydon – who will
clap their claws like crabs in
boiling water. Now when it is the
discoverer himself who tests
his discovery and finds that it
works he will feel a torrent of
pride and purity that will cause him

와일드 〔\\〕

하나의 발견을 시험해보고 그것이 옳았음을 알게 되는 일은 커다란 성취감을 주지만, 경쟁 관계와 야비한 질시로 인한 온갖 골칫거리가 수반된 커다란 충격이 될 수도 있다. 내가 알고 있는 그런 경쟁자만 해도 두 명은 되는데, 바로 당신 커슨, 그리고 당신 크로이던 말이야. 끓는 물 속의 게처럼 집게발로 박수칠 인간들 같으니. 자신의 발견을 직접 시험해서 그것이 유효하다는 것을 알게 되는 지금 같은 경우, 발견자는 밀물처럼 밀려오는 자부심과 순수함을 느끼게 되며, 이로써 그는

Wild 

~~[crossed out]~~ actually to pity Prof. Curson and pet Dr. Croydon (whom I see Mr West has demolished in a recent paper). We are above petty revenge.

¶ On a hot Sunday afternoon, in my empty house — Flora and Cora being somewhere in bed with their boyfriends — I started the crucial test. The fine base of my chalk white "I" was erased and left erased when I decided to break my hypnotrance. The extermination of my ten toes had been accompanied with

와일드 〔\\\〕

커슨 교수를 동정하고 크로이던 박사의 머리를 쓰다듬는 경지에 이를 것이다(내가 알기로 후자는 웨스트 씨의 최근 논문에서 철저히 격파되었다). 우리는 옹졸한 복수의 차원을 넘어서게 된다.

뜨거운 일요일 오후, 텅 빈 집에서—플로라와 코라는 어딘가에서 자기 남자친구들과 자고 있었고—나는 중대한 실험에 착수했다. 분필로 쓴 하얀 '나I'의 얄팍한 지반이 먼저 지워졌고, 내가 최면에 의한 무아지경 상태를 깨기로 했을 때 그 나머지가 지워졌다. 내 발가락 열 개를 박멸하는 데는

Wild

the usual volupty. I was lying on a mattress in my bath, with the strong beam of my shaving lamp trained on my feet. When I opened my eyes, I saw at once that my toes were intact.

After swallowing my disappointment I scrambled out of the tub, landed on the tiled floor and fell on my face. To my intense joy I could not stand properly because my ten toes were in a state of indescribable numbness, they looked all right, though perhaps a

와일드 〔\\\\〕

통상적인 관능이 따랐다. 나는 면도용 램프의 강한 빛줄기를 내 두 발로 향하게 하고, 욕조 속 매트 위에 누워 있었다. 나는 눈을 뜨자마자 곧 내 발가락들이 온전히 남아 있는 것을 보았다.

실망감을 속으로 삼키고 욕조에서 간신히 기어나와 타일 바닥을 디디다가 앞으로 엎어졌다. 발가락 열 개가 뭐라 분명히 표현할 길 없는 무감각 상태였기 때문에 나는 제대로 설 수 없었고, 이에 나는 강렬한 기쁨을 느꼈다. 발가락은 어쩌면 평소보다 조금 핏기가 없었는지는 몰라도 괜찮아 보였는데,

a little paler than usual, but all sensation
had been slashed away by a razor of ice.
I palpated warily the hallux and the four
other digits of my right foot, then of my
left one and all was rubber and rot.
The immediate setting in of decay was especially
sensationally. I crept on all fours into
the adjacent bedroom and with infinite
effort into my bed.
The rest was mere cleaning-up. In
the course of the night I teased off
the shrivelled white flesh and contemplated
with utmost delight

before [illegible]

와일드 〔\\\\\〕

마치 얼음 면도칼이 모든 감각을 다 베어버린 것 같았다. 나는 조심스럽게 오른발의 엄지발가락과 나머지 네 발가락을 만져본 다음 왼발도 그렇게 해보았는데, 발가락이 모두 고무 같았고, 서서히 썩어가고 있었다. 부패의 조짐이 즉시 나타났다는 점이 특히 놀라웠다. 나는 욕실 옆 침실까지 네 발로 기어가서, 노력을 거듭한 끝에 간신히 침대로 들어갔다.

이제 남은 것은 그저 뒤처리 작업뿐이었다. 밤새 나는 쪼그라든 하얀 살덩이를 만지작거리고 당겨대며, 극도의 희열에 빠져

〔목욕 전〕

I know my feet smelled despite daily baths, but <u>this</u> reek was something special

와일드 〔\\\\\\〕

나는 매일 목욕하는데도 내 발에서 냄새가 난다는 걸 알고 있지만, <u>이</u> 지독한 악취는 뭔가 특별했다

That test – though admitedly a trivial affair – confirmed me in the belief that I was working in the right direction and that (unless some hideous wound or excruciating sickness joined the merry pallbearers) the proces of dying by auto-dissolution afforded the greatest ecstasy known to man.

이 실험은—별일 아닌 사건임은 인정하지만—내가 연구 방향을 맞게 잡았다는 믿음, 그리고 (어떤 끔찍한 부상이나 극심한 질환이 즐거워하는 상여꾼들 사이에 들어서지 않는 한) 자가용해auto-dissolution에 의한 죽음의 과정이 인간이 알 수 있는 가장 큰 황홀경을 가져올 거라는 나의 믿음을 확인해주었다.

Toes.

I expected to see at best the length of each foot greatly reduced with its distal edge neatly transformed into the semblance of the end of a breadloaf without any trace of toes. At worst I was ready to face an anatomical prepation of ten bare phalanges sticking out of my feet like a skeleton's claws. Actually all I saw was the familiar rows of digits.

발가락

내가 예상했던 건 잘해봐야 발가락이 흔적도 없이 사라지고 발끝 가장자리가 식빵 끄트머리처럼 변형되면서 양발의 길이가 크게 줄어드는 것이었다. 최악의 경우, 마치 해골의 발톱처럼 내 발에서 돌출된, 뼈마디가 드러난 열 개의 발가락뼈로 이루어진 해부용 표본과 대면할 각오도 되어 있었다. 실제로 내가 본 것이라고는 한 줄로 늘어선 익숙한 발가락 열 개가 다였지만.

Medical Interme 220

(1)

¶ "Install yourself," said the youngish suntanned, cheerful Dr Aupert, indicating, openheartedly an armchair at the north rim of his desk, and proceeded to explain the necessity of a surgical intervention. He showed A.N.D. one of the dark grim urograms that had been taken of A.N.D.'s rear anatomy. The globular shadow of an adenoma eclipsed the greater part of the whitish bladder. This

의학적 막간극

1

"자리에 앉으십시오." 그은 피부에 꽤 젊어 보이는 쾌활한 오페르 박사[32]가 책상의 북쪽 가장자리에 있는 안락의자에 앉으라고 친절하게 권하고는, 외과 수술의 필요성을 설명하기 시작했다. 그는 A.N.D.[33]의 복강 후방 쪽을 찍은 어둡고 암울한 요로 촬영사진 중 한 장을 A.N.D.에게 보여줬다. 구형球形의 샘종腫 그림자가 하얀 방광의 대부분을 가리고 있었다. 이

②

a benign tumor, had been growing
on the prostate for some fifteen years
and was now as many times its size.
The unfortunate gland
with the great gray parasite clinging
to it could and should be removed at once.
"And if I refuse?" said AND
"Then, one of these days,

2

양성종양은 전립선에서 어느덧 15년간 자라왔으며, 이제 크기도 몇 배로 커졌다. 거대한 회색 기생체가 달라붙어 있는 그 비운의 분비선은 당장 제거할 수 있으며 또 제거되어야만 한다.

"제가 만약 수술을 거부하면요?" AND가 말했다.

"그러면, 머지않아,

그 배경은 그것이 아무 간섭도 받지 않게 해준다. 지친 눈.

선잠이 든 괴물 형상의 낙수 석상들이나 눈 속에서 떼 지어 다니는 내시 현상의 잔상 같은 것

자주색으로 착색된 어둠에 분필로 그어진 수직선 하나

동전이나 곤충 수집품 위로

마네킹이나 작은 해골 뼈대, 하지만 거기에는 아무래도*

* 6장의 D1, D2 카드에 언급된 개념들이 이 카드에서 거론되는 것으로 볼 때, 거기서 다룬 소재를 보충하기 위한 초고로 추정된다. (원주)

very special
In this self-hypnotic state there
can be no question of getting out of touch
with oneself and floating into a normal sleep
(unless you are very tired at the start)
To break the trance all you do is to
restore in every chalk-bright details the
simple picture of yourself a stylized skeleton on your mental
blackboard. One should remember, however,
that the divine delight in destroying, say one's
breastbone should not be indulged in. Enjoy
the destruction but do not linger over your
own ruins lest you develop an incurable
illness, or die before you are ready to die.

이 매우 특수한 자기최면 상태에서는 (당신이 시작부터 매우 피곤한 상태만 아니라면) 자기 자신과의 접촉을 끊고 정상적인 수면에 빠져드는 건 있을 수 없는 일이다

그 무아지경 상태를 깨기 위해 당신이 해야 할 일이라고는, 양식화된 해골 뼈대 형태의 단순한 자화상을 모든 세부까지 선명한 분필로 당신 마음속의 칠판 위에 복원하는 것뿐이다. 이때 유의해야 할 점은 파괴하면서, 그러니까 가령 흉골을 파괴하면서 마치 신이라도 된 듯 황홀감에 빠지면 안 된다는 것이다. 파괴를 즐기는 것은 좋지만, 자신의 잔해에서 너무 오래 머뭇거리면, 불치병을 더욱 진행시키거나 죽을 준비가 되기 전에 죽을지도 모른다.

---

the delight of getting under [illegible]
of an ingrown toe nail with sharp scissors
and snipping off the offending corner
and the added ecstasy of finding beneath it
an amber abcess whose blood flows
[illegible] of the ignoble pain
But with age I could not
bend any longer toward my feet
and was ashamed to present
them to a pedicure.

살을 파고드는 발톱 밑으로 날카로운 가위를 들이밀어 그 성가신 모서리를 싹둑 잘라내는 기쁨, 게다가 그 아래서 피가 흐르는 호박색 농양을 찾아내며 더해지는 황홀경은 얄궂은 그 통증을 잊게 해준다.

그러나 늙어가면서 나는 다시는 내 발 쪽으로 허리를 굽힐 수 없게 되었고, 전문적인 발톱 관리사에게 그것들을 내놓기도 부끄러웠다.

Last Chapter

Beginning of last chapter

¶ [Miss Ure, this is the MS of my last chapter which you will, please, type out in three copies — I need the additional one for prepub in Bud — or some other magazine]

¶ Several years ago, when I was still working at the Horloge Institute of Neurologie, a silly female interviewer introduced me in a silly radio series ("Modern Eccentrics") as "a gentle Oriental sage, founder of (insert cards)

최종 장

최종 장의 서두

〔우어Ure 양, 이 부분은 내 최종 장 원고로, 부탁건대 세 부를 타자 쳐주길 바라오. 『버드Bud』나 다른 잡지에 사전 게재하기 위한 여분 한 부가 더 필요하오.〕*

수년 전, 그러니까 내가 아직 '오를로주[34)] 신경학협회'에서 일할 때였는데, 한 멍청한 여성 인터뷰어가 멍청한 라디오 연속 기획물('현대의 괴짜들')에서 나를 "온화한 동양풍 현자이자 〔 〕의 설립자"라고 소개했다.

(카드 더 삽입하기)

* 이 대괄호와 그 안의 내용은 작중인물 와일드가 자신의 원고에 붙인 첨언이다.

(Penult. End.

End of penult chapter.

The manuscript in longhand of Wild's last chapter, which at the time of his fatal heart attack, ten blocks away, his typist, Sue ell, had not had the time to tackle because of urgent work for another employer was deftly plucked from her hand by that other fellow to find a place of publication more permanent than Bud or Root.

최종 장 바로 앞 장의 끝

최종 장 바로 앞 장. 끝.

와일드가 손으로 쓴 최종 장의 원고는, 그에게 치명적인 심장마비가 왔을 때, 열 블록 떨어진 곳에서 또다른 고용주의 긴급한 일을 해주느라 그 원고와 씨름하고 있을 시간이 없었던 타이피스트 수Sue U에게 있었는데, 『버드』나 『루트Root』보다 영구적인 출판처를 찾아줄 그 다른 친구가 그녀의 손아귀에서 그 원고를 솜씨 좋게 낚아챘다.

First
(a)

Well, a writer of sorts. A budding and already rotting writer. After being a poor lector in some of our last dreary castles.
Yes, he's a lecturer too. A rich rotten lecturer (complete misunderstanding, another world)
Whom are they talking about? Her husband I guess. Flo is horribly frank about Philipp. (who could not come to the party. — to any party)

첫 장 *a*

뭐, 작가 같은 거죠. 싹트자마자 썩어가는 작가랄까. 그전에는 과거의 유물이 된 음침한 성 같은 곳들에서 어설프게 대학강사 노릇을 했었고요.

네, 그도 강사예요. 부유하고 타락한 강사죠(완전한 몰이해, 또다른 세상).

누구에 대해 얘기하고들 있는 걸까? 내 추측으로는 그녀의 남편에 대한 것 같다. 플로Flo는 필리프Philipp(그는 그 파티에도, 그 어느 파티에도 올 수 없었다*)에 대해 얘기할 때면 지독할 정도로 솔직했다.

* 제1장에 등장한 파티에서의 대화와 연결되는 대목이다. (원주)

First
6

~~heart~~ or brain — when the rays projected by me
reaches the lake of Dante ~~ventricle or~~
the Island of Reil ~~in the brain~~

첫 장 *6*

심장이나 뇌—그때 내가 투사한 광선이 단테의 ~~심실 속~~ 호수[35], ~~뇌~~
속 라일의 섬[36]에 도달한다.

Thornton + Smart Hum. Physiology

First c

p. 299

Wilde: I do not believe that the spinal cord is the only or even main conductor of the extravagant messages that reach my brain. I have to find out more about that — about the strange impressions I have of there being some underpath, so to speak, along which the commands of my will power are passed to and fro along the shadow of nerves, rather along the nerves proper.

손턴과 스마트, 『인체생리학』[37] 299쪽

첫 장 C

와일드의 〔원고〕: 나는 척수가 내 뇌에 도달하는 종잡을 수 없는 전달물질의 유일한 전도체라고 믿지 않는 것은 물론, 그것이 주요 전도체라고도 믿지 않는다. 나는 더 많은 것을 알아내야만 한다. 내가 받은 기묘한 인상, 이를테면 무언가 숨겨진 지하 통로, 즉 내 의지력이 내리는 명령이 신경 그 자체보다는 신경의 그림자를 따라 이리저리로 전달되는 통로가 있는 것 같은 인상에 대해.

the photographer was setting up

I always knew she is cheating on me with a new boy friend whenever she visits my bleak bedroom more often than once a month (which is the average since I turned sixty)

첫 장 *d*

사진사는 설치하고 있었다

그녀가 한 달에 한 번(내가 예순이 된 이후의 평균 방문 횟수였다)보다 자주 내 황량한 침실을 찾을 때면, 나는 항상 그녀가 나 몰래 새로운 남자친구와 바람피우는 중이라는 걸 알아챘다

I

First e

The only way he could possess her was in the most   position of copulation: he reclining on cushions, she sitting in the fauteuil of his flesh with her back to him. ¶ The procedure – a few bounces over very small bumps – meant nothing to her. She looked at the snow-scape on the footboard of the bed –,
at the
; and he holding her in front of him like a child being given a sleigh ride down a

I

첫 장 *e*

그가 그녀를 품을 수 있는 유일한 방법은 가장 〔　　〕한 체위로 성교하는 것이다. 그가 쿠션에 몸을 비스듬히 기대고 누우면, 그녀는 등을 보이고 그를 팔걸이의자 삼아 앉는다. 매우 작게 솟은 돌기 위로 몇 번 반동을 주는 절차는 그녀에게 아무런 의미가 없었다〔.〕 그녀는 침대 발판에 그려진 설경을 쳐다보거나 〔커튼을〕 쳐다보곤 했다. 그는 마치 친절한 낯선 사람이

II

short slope by a kind stranger, he saw her back, her hip between his hands.

Like toads or tortoises neither saw each other's faces See animals

II

첫 장 *f*

아이를 품에 안고 짧은 슬로프를 썰매 타고 내려가듯이 그녀를 자기 앞에 붙잡아 앉히고 그녀의 등을, 그리고 두 손 사이에 잡힌 엉덩이를 보았다.

두꺼비나 거북이 들처럼 그들도 서로의 얼굴을 보지 않았다.

동물 항목 참조.

(Wild's notes)

Aurora 1

My sexual life is virtually over but —

I saw you again, Aurora Lee, whom as a youth I had pursued with hopeless desire at high-school balls — and whom I have cornered now fifty years later, on a terrace of my dream: your painted pout and cold gaze were, come to think of it, very like the official lips and eyes of Flora, my wayward wife, and your flimsy frock of black silk might have come from her recent wardrobe. You turned away, but could not escape, trapped

와일드의 노트

오로라 1

나의 성생활은 사실상 끝장났지만—

나는 너를 다시 보았어, 오로라 리,[38] 내가 젊은 시절 고등학교 무도회에서 희망 없는 욕망을 가지고 따라다녔던 너, 그리고 50년이 지난 지금 꿈속의 테라스에서 내가 구석으로 꾀고 있는 너를. 삐쭉 내민 너의 붉은 입술과 차가운 시선은, 그러고 보니 다루기 어려운 내 아내 플로라의 대외적인 입술과 눈[39]을 매우 닮았구나. 또 너의 그 조잡한 검은 비단 드레스는 그녀가 최근에 입은 의상에서 따온 듯도 하고. 너는 나를 피해 몸을 돌렸지만 도망갈 수 없었지,

Aurora 2

as you were among the close-set columns of moonlight and I lifted the hem of your dress—something I never had done in the past—and stroked, moulded, pinched ever so softly your pale prominent nates, while you stood perfectly still as if considering new possibilities of power and pleasure and interior decoration. At the height of your guarded ecstasy I thrust my cupped hand from behind between your consenting thighs and felt the sweat-stuck folds of a long scrotum and

오로라 2

한군데로 몰린 달빛 기둥들 사이에 갇혔기에. 나는 너의 드레스 단을 들어올리고는—과거에는 결코 그런 짓을 하지 않았지—툭 튀어나온 파리한 너의 궁둥이를 어루만지고 주무르고 아주 부드럽게 꼬집고 그랬는데, 그동안 너는 마치 힘과 쾌락과 실내장식의 새로운 가능성들을 곰곰이 따져보기라도 하듯 미동도 없이 가만히 서 있었지. 눌러 참았던 너의 황홀경이 최고조에 달했을 때 나는 오목하게 오므린 손을 순종하는 너의 허벅지 사이로 뒤에서부터 찔러넣어, 길게 늘어진 음낭의 땀에 흠뻑 젖은 주름을 느낀 다음,

Aurora 3

then, further in front, the droop of a
short member. Speaking as an authority on
dreams, I wish to add that this was
no homosexual manifestation but a
splendid example of terminal gynandrism.
Young Aurora Lee (who was to be
axed and chopped up at seventeen by an
idiot lover, all glasses and beard)
and half-impotent old Wild formed
for a moment one creature. But quite
apart from all that, in a more

오로라 3

손을 더 앞으로 뻗어 풀이 죽어 있는 짧은 음경을 더듬었다. 꿈에 관한 권위자로서 말하자면, 이는 동성애의 징후가 아니라 고칠 수 없는 반음양半陰陽의 멋진 예라는 설명을 덧붙이고 싶다. 어린 오로라 리(그녀는 열일곱 살에, 안경 끼고 턱수염이 난 백치 애인에게 도끼로 살해되어 잘게 썰렸다)와 반쯤은 발기불능인 늙은 와일드가 한순간 하나의 피조물로 합쳐진 것이다. 그러나 이 모든 것과는 전혀 별개로, 더

Aurora 4

disgusting and delicious sense, her little bottom, so smooth, so moonlit, a replica, in fact, of her twin brother's charms, (sampled rather brutally on my last night at boarding school, remained inset in the medalion of every following day.

오로라 4

역겨운 동시에 달콤한 의미에서, 그토록 매끄럽고 달빛에 반짝이는 그녀의 작은 엉덩이는, 사실 내가 기숙학교에서 보낸 마지막 밤에 꽤 거칠게 맛본 바 있는 그녀의 쌍둥이 형제가 가진 매력의 복제품으로, 그후 계속 이어진 하루하루라는 메달 속에 언제나 새겨져 있었던 것이다.

(Miscel.)

Willpower, absolute self domination.

Electroencephalographic recordings of hypnotic "sleep" are very similar to those of the waking state and quite different from those of normal sleep; yet there are certain minute details about the patterns of the trance which are of extraordinary interest and place it specifically apart from sleeping and waking.

여러 가지

의지력, 절대적인 자기 통제.

최면 상태에 빠진 '수면'의 뇌파 기록은 각성 상태의 뇌파 기록과 매우 유사하며 정상적인 수면의 그것과는 확연히 다르다. 그렇지만 무아지경 상태의 뇌파 패턴에는 수면 상태와도 각성 상태와도 분명히 구별해주는 아주 흥미로운 몇 가지 소소한 세부항목들이 있다.

self-extinction
self immolation, -tor

Wilde's note -

Three card at least of this stuff

As I destroyed my thorax I also destroyed
and the
and the laughing people in theaters with a no longer visible stage or screen, and
the
and the in the cemetery
of the asymetrical heart

autosuggestion, autosuggestist
autosuggestive

와일드의 노트*

자기소멸
자기희생, -자者

내가 나의 흉부를 파괴했을 때, 나는 〔 〕과 〔 〕도, 그리고 극장들 안에서 더는 보이지 않는 무대나 화면을 보고 웃는 사람들도, 또 비대칭 하트형의 묘지 안 〔 〕과 〔 〕도 함께 파괴했다.
자기암시, 자기암시자
자기암시적인

* 이 카드의 오른쪽 위에는 '적어도 세 개의 카드로 이 소재를 다룰 것'이라는 나보코프의 메모가 적혀 있다.

Wild's notes

A process of self-obliteration conducted by an effort of the will. The pleasure, bordering on almost unendurable exstacy, comes from feeling the will working at a new task: an act of destruction which develops paradoxically an element of creativeness in the totally new application of totally free will. Learning to use the vigor of the body for the purpose of its own deletion. Standing vitality on its head.

와일드의 노트

의지의 노력으로 이루어지는 자기말소 과정. 도저히 견디기 어려운 황홀경에 가까운 쾌락은 의지가 새로운 임무, 즉 파괴 행위에 착수한다는 자각에서부터 비롯된다. 역설적이게도 이 파괴 행위는 전적으로 자유로운 의지를 전적으로 새롭게 적용하는 독창적인 요소 하나를 개발한다. 육체의 활력을 오직 그 육체 자체를 삭제하는 데에만 이용하는 법을 배우는 것, 즉 생명력이라는 개념 자체를 거꾸로 뒤집는 것이다.

OED

Nirvana blowing out, [extinguishing], extinction, disappearance. In Buddhist theology extinction ... and absorption into the supreme spirit.
[nirvanic embrace of Brahma]
bonze = Buddhist monk
bonzery, bonzeries
the doctrine of Buddhist incarnation,
Brahmahood = absorption into the divine essence.
Brahmism
[all this postulates a supreme god]

옥스퍼드영어대사전OED

열반〔 〕불어서 꺼버리기(소화), 소멸, 소실. 불교 교의에서 소멸은 ……이고, 지고의 정신과의 합일.

(브라흐마Brahma[40)]의 열반으로 감싸기)

스님bonze = 불교의 승려

불교사원bonzery, 불교사원들bonzeries

불교의 화신化身·강생降生 교리

위대한 혼Brahmahood = 신성한 본질과의 합일

브라만교Brahmism

(이 모든 것은 전지전능한 최고신의 존재를 전제한다)

Buddhism

Nirvana = "extinction of the self" "individual existence"

"release from the cycle of incarnations"

"reunion with Brahma" (Hinduism)

attained through the suppression of individ. existence.

Buddha: Beatic spiritual condition

The religious rubbish and mysticism of Oriental wisdom

The minor poetry of mystical myths

불교

열반 = '자기의 소멸' '개인적 실존'

'윤회전생으로부터의 해탈'

'브라흐마와의 재결합(힌두교)'

개인적 실존의 억압을 통해 달성된다.

불교: 지복의 영적 조건

동양의 지혜라는 종교적 헛소리이자 신비주의

초자연적인 신화에 관한 수준 낮은 시

Wild A

The novel Laura was sent to me by the painter Rawitch, a rejected admirer of my wife, of whom he did an exquisite oil a few years ago. The way I was led by delicate clues and ghostly nudges to the exhibition where "Lady with Fan" was sold to me by his girl friend, a sniggering tart with gilt fingernails, is a separate anecdote in the anthology of humiliation to which, since my marriage, I have been a constant contributor. As to the book,

와일드 A

소설 『로라』를 내게 보내온 이는 내 아내에게 구애했다가 거절당한 화가 라비치로, 그는 수년 전 내 아내의 초상을 절묘한 유화로 그린 적이 있다. 미묘한 암시들에 이끌리고 유령 같은 게 쿡쿡 찔러대는 데 떠밀리는 바람에 내가 전시회까지 가서, 반짝이는 손톱을 가진 킬킬거리는 매춘부인 그의 여자친구를 통해 〈부채를 든 여인〉을 사게 된 경로는, 결혼 이후 줄곧 기고자 노릇을 해온 치욕 선집에 별개의 일화로 실릴 만하다. 그 책,

Wild B

a bestseller, which the blurb described as "a roman à clef with the clef lost for ever", the demonic hands of one of my servants, the Velvet Valet - as Flora called him, kept slipping it into my visual field until I opened the damned thing and discovered it to be a maddening masterpiece

와일드 *B*

광고문구에서 "열쇠가 영원히 사라져버린 열쇠소설[41]"이라고 표현한 그 베스트셀러로 말하자면, 플로라가 '벨벳 발레Velvet Valet'[42]라 불렀던 내 하인 하나가 악마 같은 두 손으로 계속해서 내 시야에 그것을 밀어넣는 통에 결국 나는 그 빌어먹을 것을 펼쳤고, 그것이 화가 치밀 정도로 대단한 걸작이라는 사실을 알게 되었다.

Last § ②

¶¶ Winny Carr waiting for her train on the station platform of Sex, a delightful Swiss resort famed for its crimson plums noticed her old friend Flora on a bench near the bookstall with a paperback in her lap. This was the soft cover copy of Laura issued virtually at the same time as its much stouter and comelier hardback edition. She had just bought it at the station bookstall,

최종 §

Z

새빨간 자두 열매로 유명한 스위스의 멋진 휴양지 섹스의 역 승강장에서 기차가 오기를 기다리던 위니 카는, 그녀의 오랜 친구 플로라가 페이퍼백 한 권을 무릎 위에 놓고 가판대 옆 벤치에 앉아 있는 모습을 보았다. 그 책은 소프트커버 『로라』로, 훨씬 더 두툼하고 예쁜 양장본과 거의 동시에 출간되었다. 그녀는 조금 전 역 가판대에서 그걸 샀는데,

Z2

and in answer to Winny's jocular remark
("hope you'll enjoy the story of your
life") said she doubted if she could
force herself to start reading it.
Oh you must! said Winnie,
it is of, course, fictionalized and all
that but
you'll come face to face with yourself
at every other corner. And
there's your wonderful death. Let me

Z 2

위니가 농담 섞어 한 말("자기 인생 이야기를 즐겁게 읽으시기를")에 답하기를, 억지로라도 읽기 시작할 수 있을지 모르겠다고 말했다.

어머, 당신은 꼭 읽어야 해요! 위니가 말했다. 그야 물론 허구로 꾸민 부분도 없지 않지만, 책장을 넘길 때마다 당신 자신과 맞닥뜨리게 될 거예요. 그리고 또 당신의 아주 멋진 죽음도 나와요. 내가

show you your wonderful death. Damn, here's my train. Are ~~you~~ we going together?

"I'm not going anywhere. I'm expecting somebody. Nothing very exciting. Please, let me have my book."

"Oh, but I simply must find that passage ~~chapter~~ for you. It's not quite at the end. You'll scream with laughter. It's the craziest death in the world.

"You'll miss you train" said Flora

—

Z 3

그 멋진 죽음을 당신에게 보여줄게요. 저런, 기차가 왔네요. 우리 같이 가는 거죠?

"난 아무 데도 안 가요. 누굴 좀 기다리는 중이에요. 그렇게 흥미로울 것도 없고요. 자, 내 책을 주세요."

"오, 하지만 난 꼭 그 구절을 당신에게 찾아줘야겠어요. 죽음이라고 꼭 끝 부분에 나오는 것도 아니거든요. 당신은 자지러지게 웃을 거예요. 세상에서 가장 말도 안 되는 죽음이라니까요."

"기차 놓치시겠어요" 플로라가 말했다.

—

Five
A

Philip Wild spent most of the afternoon in the shade of a marbrosa tree (that he vaguely mistook for an opulent tropical race of the birch) sipping tea with lemon and making embryonic notes, with a diminutive pencil attached to a diminutive agenda-book which seemed to melt into his broad moist palm where it would spread in sporadic crucifixions. He sat with widespread

5장 A

필립 와일드는 오후 대부분을 마브로사[43] 나무(그는 자세히 보지도 않고 막연히 자작나무의 호사스러운 열대 변종으로 착각했다) 그늘에서 레몬을 넣은 차를 홀짝거리면서, 아주 작은 메모장에 붙어 있는 아주 작은 연필로 맹아 단계의 메모들을 끼적이며 보냈다. 이따금 그의 넓고 축축한 손바닥 안에서 십자가에 못박힌 모양으로 펼쳐지곤 하던 그 메모장은 손바닥 속으로 녹아들어가는 것처럼 보였다. 그는

Five

B

legs to accomodate his enormous stomach and now and then checked or made in midthought half a movement to check the fly buttons of his old fashioned white trousers. There was also the recurrent search for his pencil sharpener, which he absently put into a different pocket every time after use. Otherwise, between all those ~~small~~ movements, he sat perfectly still, like a meditative idol. Flora would be often present lolling in a deckchair,

5장 B

자신의 거대한 복부에 공간을 터주기 위해 다리를 벌리고 앉아, 유행이 한참 지난 흰색 바지의 앞여밈 단추를 가끔 살펴보거나, 생각에 잠기는 바람에 단추를 살펴보려는 듯한 어정쩡한 자세를 취하다 말곤 했다. 연필깎이를 찾는 일도 되풀이되었는데, 쓰고 나서는 매번 생각 없이 다른 주머니에 넣곤 했던 것이다. 그 외에는, 즉 그 모든 작은 동작들 사이사이에는 마치 명상에 잠긴 우상偶像처럼 미동도 없이 앉아 있었다. 플로라도 종종 모습을 보이곤 했는데, 등받이가 젖혀지는 야외용 의자에 나른하게 누웠다가는

enclosing his chair in a her progression of strewn magazines C

moving it from time to time, circling as it were around and her husband, as she sought in quest of an even denser shade than the one sheltering him. The urge to expose the maximum of naked flesh permitted by fashion was combined in her strange little mind with a dread of the least touch of tan defiling her ivory skin

C

남편을 덮은 그늘보다 더 짙은 그늘을 찾으려고 때때로 의자를 옮기고, 남편 주위로 마치 원을 그리듯 뱅뱅 돌면서, 잡지들을 계속 땅에 흩뿌려 그의 의자를 점점 에워싸게 만들었다. 그녀의 기묘하고 작은 머릿속에는, 유행의 허용 한도 내에서 최대한 맨살을 노출하고 싶은 충동과 조금이라도 그을려 자신의 상아색 피부를 훼손할까봐 두려워하는 마음이 섞여 있었다.

Eric's notes

To all contraceptive precautions, and indeed to orgasm at its safest and deepest, I much preferred — madly preferred — finishing off at my ease against the softest part of her thigh. This predilection might have been due to the unforgettable impact of my romps with schoolmates of different but erotically identical, sexes

에릭의 노트

사실 온갖 피임 대책보다, 그리고 가장 안전하고 깊은 오르가슴보다도 내가 더욱더 선호하는—미치도록 좋아하는—것은, 그녀 허벅지의 제일 부드러운 부분에다 내 마음대로 일을 끝내는 것이다. 이런 선호는, 성性은 달랐지만 성애의 차원에서는 같았던 남녀 학우들과 뒹굴었던 경험이 준 잊지 못할 충격 때문인지도 모른다.

he too ~~had~~ needed
and that he would come to
stay here for at least a
week every other month

Thinking for a Theme
Beginning poems etc and
finish with mast. and

그도 필요했다
그리고 그는 적어도 두 달에 한 주 정도는 와서 머물렀다

한 가지 주제를 위한 이러한 〔열쇠〕
〔시〕 등으로 시작해서
마지막에는 mast.[44)]와 플로라로 끝내기, 그것을 그림과 연결하기

X

After a three-year separation (distant war, regular exchange of tender letters) we met again. Though still married to that hog she kept away from him and at the moment sojourned at a central European resort in eccentric solitude. We met in a splendid park that she praised with exaggerated warmth, – picturesque trees, flooming meadows – and in a secluded part of it an ~~ancient~~ "rotonda" ~~pavilion~~ with pictures and music" where ~~[illegible]~~

X

3년간 헤어졌다가(먼 곳의 전쟁, 다정한 편지의 주기적인 교환) 우리는 다시 만났다. 그녀는 거세된 그 수퇘지와 여전히 결혼한 상태였지만 그를 멀리했고, 당시에는 중부 유럽의 한 휴양지에서 기묘하게도 홀로 머무르고 있었다. 우리는 그녀가 과하게 열을 올리며 절찬한—그림 같은 나무들에, 꽃이 만개한 풀밭—화려한 공원에서 만나, 그 공원의 한적한 구역에 자리한 그림과 음악이 있는 아주 오래된 '로톤다'[45]에서

XX

we simply had to stop for a rest and a
bite – the sisters, I mean, she said, the attendant
there – served iced coffee and cherry
tart of quite special quality – and
as she spoke I suddenly began to
realise with a sense of utter depression
and embarrassment that the "pavillion"
was ~~the~~ the celebrated Green Chapel
of St Esmeralda and that she was brimming with religious
~~fervor~~ and yet miserably desperately fearful, despite
bright smiles and ~~un~~ air enjoué, of my
insulting her by some mocking remark.

XX

좀 쉬면서 요기를 하지 않으면 안 됐는데, 그곳에서는 수녀님들—즉 그녀 말에 의하면 거기 급사들—이 냉커피와 특제 체리 타르트를 가져다주었고, 그녀가 이야기를 하는 도중 갑자기 나는 철저한 우울과 당혹스러운 기분에 빠져, '원형 별관'이 그 유명한 성 에스메랄다[46]의 녹색 예배당이라는 것과, 그녀가 종교적 열의에 가득차 있고 밝은 미소와 쾌활한 분위기를 띠고 있으나 사실은 참담하고 절망적인 심정이며, 내가 뭔가 빈정대는 말로 그녀를 모욕할까봐 두려워하고 있다는 것을 깨닫기 시작했다.

~~The grey wall did not go up to the ceiling: it stopped at the magenta horizon of its painted town verge where the covered slope of the white-washed ceiling used to begin~~ 20

I hit upon the art of thinking away my body, my being, mind itself. To think away thought — luxurious suicide, delicious dissolution! Dissolution, in fact, is a marvelously apt term here, for as you sit relaxed in this comfortable chair (narrator striking its armrests) and start destroying yourself, the first thing you feel is a mounting melting, from the feet upward

D* 0

생각에 몰두하여 내 몸과 내 존재, 그리고 정신까지도 다 소거하는 방법이 불현듯 떠올랐다. 생각에 빠져 생각을 없애버리기—호사스러운 자살, 감미로운 용해! 용해는 사실 여기서 경이적일 정도로 딱 들어맞는 용어인데, 당신이 이 편안한 의자에(의자의 팔걸이를 가볍게 치는 화자) 긴장을 풀고 앉아서 당신 자신을 파괴하기 시작하면 발에서부터 위로 점점 녹아 없어져버리는 것 같은 느낌이 가장 먼저 들기 때문이다.

* 와일드의 '일기(Diary)' 부분임을 가리키는 약자로 추정된다. 이 카드의 상단에는 세 개의 사선으로 삭제 표시가 된 다음과 같은 글이 적혀 있다. "회색 벽은 천장까지 올라가지 못하고, 자홍색으로 채색된 테두리의 수평선에서 멈췄는데, 보통 거기서부터 희게 칠한 천장의 역경사면이 시작되곤 한다."

D one

In experimenting on oneself in order to pick out the sweetest death, one cannot, obviously, set part of one's body on fire or drain it of blood or subject it to any other drastic operation, for the simple reason that these are one-way treatments: there is no resurrecting the organ one has destroyed. It is the ability to stop the experiment and return intact from the perilous journey that makes all the difference, once its mysterious technique

D 1

가장 달콤한 죽음을 가려내기 위해 자기 자신을 실험 대상으로 삼을 때, 몸 일부에 불을 지르거나 몸에서 피를 다 빼버리거나 다른 어떤 과격한 수술을 받는 방법은 당연히 불가능한데, 그 이유는 간단하다. 이런 방법들은 돌아갈 길 없는 일방통행적인 처치이기 때문이다. 한번 파괴한 기관은 다시 소생시킬 수 없다. 일단 자기절멸 수련자가 그 신비로운 기술에 통달하면, 이제 관건은 실험을 중단하고 그 위험천만한 여행으로부터 무사히 돌아오는 능력이 있느냐 하는 것으로, 그 여부에 따라 상황이 확연히 달라진다.

D two

has been mastered by the student of self-annihilation. From the preceding chapters and the footnotes to them, he has learned, I hope, how to put himself into neutral, i.e. into a harmless trance and how to get out of it by a resolute wrench of the watchful will. What cannot be taught is the specific method of dissolving one's body, or at least part of one's body, while tranced. A deep probe of one's darkest self, the unraveling of subjective associations, may suddenly

D 2

그가 앞선 장들과 주석을 통해, 어떻게 자신을 중립 상태로, 즉 해가 없는 무아지경 상태로 밀어넣는지, 또 어떻게 기민한 의지로 단호히 확 비틀어 그 상태에서 벗어날 수 있는지 배웠기를 바란다. 이런 식으로 배울 수 없는 것은 무아지경중에 자기 몸을, 아니면 그 몸의 일부라도 용해하는 특수한 기법이다. 자신의 가장 어두운 자아를 깊이 탐사하고 주관적인 연상작용의 비밀을 풀다보면 돌연,

D three

lead to the shadow of a clue and then to the clue itself. The only help I can provide is not even paradigmatic. For all I know, the way I found to woo death may be quite atypical; yet the story has to be told for the sake of its strange logic.

In a recurrent dream of my childhood I used to see a smudge on the wallpaper or on a whitewashed door, a nasty smudge that started to come alive,

D 3

어떤 실마리의 그림자에, 그다음에는 그 실마리 자체에 이르게 될지도 모른다. 내가 줄 수 있는 도움이라고 해봐야 어떤 전형을 제시할 수준도 되지 않는다. 내가 알기로 내가 찾아낸 죽음에 구애하는 방법은 꽤 이례적일 수 있지만, 그 기묘한 논리를 논하기 위해서라도 그 이야기를 하지 않을 수 없다.

나는 주기적으로 어린 시절에 대한 꿈을 꾸는데, 꿈속에서는 벽지나 희게 칠한 문에 묻은 얼룩이 보이다가, 그 불결한 얼룩이 살아나기 시작해서

D four

turning into a crustacean-like monster.
As its appendages began to move, a
thrill of foolish horror shook me awake;
but the same night or the next I would
be again facing idly some wall or screen
on which a spot of dirt would attract
the naive sleeper's attention by starting
to grow and ~~[illegible]~~ make groping
and clasping gestures — and again I managed
to wake up before its bloated bulk
got unstuck from the wall. But one night

D 4

갑각류를 닮은 괴물로 변하곤 한다. 그 괴물의 일부가 움직이기 시작하면 나는 바보같이 공포에 질려 전율하다가 잠에서 깨어나지만, 같은 날 밤이나 다음날 밤에 다시 어떤 벽이나 화면 같은 것을 무심코 맞닥뜨리게 되고, 거기 묻은 더러운 얼룩점 하나가 자라서 더듬고 움켜쥐는 동작을 하기 시작하며 천진난만하게 잠에 빠진 자의 주의를 끌면, 다시 나는 그 점의 부피가 커져 벽에서 떨어져나오기 전에 가까스로 잠에서 깨곤 했다. 그러나 어느 날 밤,

D·five

when some trick of position, some dimple
of pillow, some fold of bedclothes made
me feel brighter and braver than usual,
I let the smudge start its evolution
and, drawing on an imagined mitten, I simply
rubbed out the beast. Three or four times
it appeared again in my dreams but
now I welcomed its growing shape and
gleefully erased it. Finally it gave up
— as some day life will give up
bothering me.

D 5

교묘한 어떤 자세, 베개의 옴폭 들어간 어떤 부분, 이부자리의 어떤 주름 덕분에 내가 평소보다 좀더 명민하고 대담하게 느껴졌던 밤, 나는 얼룩이 진화를 시작하도록 그냥 두었다가, 가공의 벙어리장갑을 한 손에 끼고는 그 짐승을 그냥 문질러 지워버렸다. 세 번인가 네 번인가 괴물은 내 꿈에 다시 나타났지만, 이제 나는 그것의 형태가 자라나는 걸 반갑게 맞았다가 고소해하면서 지워버렸다. 결국, 그것은 나를 괴롭히기를 포기했다—어느 날 삶이 나를 괴롭히기를 포기하듯이.

Legs ① 7

¶ I have never derived the least joy from
my legs. In fact I strongly object to the
bipedal condition The fatter and wiser
I grew the more I abominated the task of
grappling with long drawers, trousers and pyjama
pants. Had I been able to bear the stink
and stickiness of my own unwashed body
I would have slept
with all my clothes on and
had valets— with some
experience in the tailoring of corpses —
change me, say, once a week. But then,

다리 1 7

나는 단 한 번도 내 다리에서 기쁨을 느낀 적이 없다. 사실 나는 이족보행이라는 조건 자체를 강력히 반대하는 쪽이다[.] 더 살이 찌고 더 현명해질수록 나는 긴 속바지와 바지, 그리고 잠옷 바지와 씨름하는 일을 더 혐오하게 되었다. 만약 내가 씻지 않은 내 몸의 악취와 끈적거림을 참을 수 있었다면, 옷을 다 입은 채로 잤을 것이고, 한 주에 한 번 정도만 종자從者들—가급적 시체에 옷을 입혀본 경험이 있으면 좋겠지—에게 내 옷을 갈아입히게 시켰을 것이다. 하지만, 사실

8

Legs ②

I also loath, the proximity of valets and the vile touch of their hands. The last one I had was at least clean but he regarded the act of dressing his master as a battle of wits, he doing his best to turn the wrong outside into the right inside and I undoing his endeavors by working my right foot into my left trouser leg. Our complicated exertions, which to an onlooker might

다리 2 8

나는 종자들이 가까이 다가오는 것도, 그들이 손으로 불쾌하게 만지는 것도 혐오한다. 내가 마지막으로 부렸던 종자는 최소한 깨끗하기는 했는데, 주인 옷 입히는 행위를 일종의 재치 대결로 여겼다. 그가 잘못 뒤집힌 안감을 바르게 뒤집어놓는 데 온 힘을 기울이면, 나는 애써 내 오른발을 바지의 왼다리 속에 넣어서 그의 노력을 수포로 돌렸다. 우리의 복잡한 고군분투, 구경꾼의 눈에는 아마도

9

Legs (3)

have seemed some sort of exotic wrestling match. Would take us from one room to another and end by my sitting on the floor, exhausted and hot, with the bottom of my trousers mis-clothing my heaving abdomen.

Finally, in my sixties I found the right person to costume and undress me: an old illusionist who is able to go behind a screen in the guise of a cossack and instantly come out at the other end as

다리 3 9

이국적인 레슬링 시합 같은 것으로 보였을 그 분투는 우리를 이 방에서 저 방으로 끌고 가다, 지치고 몸에 열이 오른 내가 바지를 잘못 입어, 엉덩이 부분에 복부가 들어가 꽉 끼게 부풀어오른 차림으로 바닥에 주저앉으면서 끝이 나곤 했다.

60대가 되어서야 마침내 나는 내 옷을 입혀주고 벗겨줄 적당한 사람을 찾아냈다. 카사크인으로 분장한 채 가림막 뒤로 갔다가 곧바로 반대편 끝에서 샘 아저씨 모습으로 나올 수 있는 늙은 마술사였다.

Legs (4) 10

Uncle Sam. He is tasteless and rude and altogether not a nice person, but he has taught me many a subtle trick such as folding trousers properly and I think I shall keep him despite the fantastic wages the rascal asks.

다리 4 10

그는 천박하고 무례하며 별로 좋은 사람은 아니지만, 바지를 제대로 접는 법 같은 교묘한 술책을 나에게 많이 가르쳐주기에, 그 악당이 요구하는 터무니없는 임금에도 그를 계속 곁에 둘 것 같다.

Wild remembers

Every now and then she would turn up for a few moments between trains, between planes, between lovers. My morning sleep would be interrupted by heartrending sounds — a window opening, a little bustle downstairs a trunk coming, a trunk going, distant telephone conversations that seemed to be conducted in conspiratorial whispers. If shivering in my nightshirt I dared to waylay her all she said would be "you really ought to lose some weight" or "I hope you transfered that money as I indicated" — and all doors closed again.

와일드의 회상

때때로 그녀는 이 기차에서 저 기차로, 이 비행기에서 저 비행기로, 이 애인에서 저 애인으로 갈아타는 사이에 잠시 모습을 보이곤 했다. 나의 아침잠은 가슴이 미어지는 소리—창문이 열리고, 아래층이 왠지 북적북적거리고, 트렁크 가방이 왔다가 트렁크 가방이 가고, 음모를 꾸미듯 속삭이며 멀리서 전화로 대화하는 소리—때문에 중단되곤 했다. 만약 내가 잠옷 바람으로 덜덜 떨면서 감히 그녀를 불러 세웠어도, 그녀는 고작해야 "당신은 진짜 몸무게 좀 줄여야 해요"나 "내가 부탁한 대로 그 돈을 이체시켜주었으면 해요"라고 말했을 테고, 그러고는 모든 문이 다시 닫혔을 것이다.

the art of self-slaughter

TLS 16.I.76 " Nietzche argued that the man of pure will ... must recognise that that there is an appropriate time to die "

Philip Nikitin: The act of suicide may be "criminal" in the same sense that murder is criminal but in my case it is purified and hallowed by the incredible delight it gives.

주석

자기학살의 예술

TLS[47] 1976년 1월 16일자. "순수 의지를 갖춘 인간이라면 …… 죽기에 적당한 때가 있다는 것을 인정해야 한다고 니체는 주장했다."[48]

필립 니키틴[49]: 자살은 살인이 범죄인 것과 같은 의미에서 '범죄'일 수 있지만, 나의 경우에 자살은 그것이 주는 믿을 수 없을 정도로 큰 희열로 정화되고 신성시된다.

Wild D

By now I have died up to my navel some fifty times in less than three years and my fifty resurrections have shown that no damage is done to the organs involved when breaking in time out of the trance. As soon as I started yesterday to work on my torso, the act of deletion, produced an ecstasy superior to anything experienced before; yet I noticed that the ecstasy was accompanied by a new feeling of anxiety and even panic. (More)

와일드 *D*

지금까지 나는 3년이 채 안 되는 기간에 약 50번 정도 밑에서부터 배꼽까지 죽어봤는데, 50번을 다시 살아나면서 알게 된 것은, 무아지경 상태에서 제때에 벗어나면 그 실험에 연루된 기관들에 아무런 손상도 가해지지 않는다는 사실이다. 어제는 내가 몸통에 공을 들이기 시작하자마자 이전에 경험했던 그 어떤 것보다 강렬한 황홀경이 삭제 행위로 인해 야기되었는데, 그 와중에도 나는 불안과 거의 공황에 가까운 새로운 감각이 그 황홀경에 수반되어 있음을 이내 알아챘다.
〔더 쓰기〕[*]

* 원고 집필, 구상을 위한 나보코프의 메모로 추정된다.

¶ How curious to recall the trouble I had in finding an adequate spot for my first experiments. There was an old swing hanging from a branch of an old oaktree in a corner of the garden. Its ropes looked sturdy enough; its seat was provided with a comfortable safety bar of the kind inherited nowadays by chair lifts. It had been much used years ago by my half sister, a fat dreamy pigtailed creature who died before reaching puberty. I now had to take a ladder to it, for the sentimental

O–

첫 실험을 위한 적당한 장소를 찾는 과정에서 내가 어떤 곤란을 겪었는지를 떠올리면 얼마나 기분이 묘하던지. 정원 한구석에는 늙은 참나무 가지에 매달린 낡은 그네가 하나 있었다. 그넷줄은 꽤 튼튼해 보였고, 오늘날의 좌식 리프트가 계승한 것과 같은 편안한 안전대가 앉는 자리에 설치되어 있었다. 그 그네는 여러 해 전 내 의붓여동생이 주로 타던 것으로, 뚱뚱하고 종종 공상에 잠기며 땋은 머리를 했던 그녀는 사춘기가 되기 전에 죽었다. 이제 그네에 오르려면 사다리를 기대어 놓아야 하는데, 왜냐하면

O-O-

relic was lifted out of human reach
by the growth of the picturesque
but completely indifferent tree. I
had glided with a slight oscillation
into the initial stage of a particularly
rich trance when the cordage
burst and I was hurled, still more or less
boxed a ditch full of brambles
ripped off a piece of
the peacock blue dressing gown I
happened to be wearing that summer day. ¶

O-O-

그림같이 아름답지만 만사에 무심한 나무가 자라는 바람에 그 감상적인 유물이 인간의 손이 닿지 않는 곳으로 올라가버렸기 때문이다. 가볍게 그네가 한 번 흔들리며 나는 유독 충만했던 무아지경의 초기 단계로 미끄러져 들어갔는데, 그때 갑자기 밧줄이 끊어져 나는 아직 의식이 몽롱한 상태에서 가시나무를 가득 심어둔 도랑 속으로 던져졌고, 그 여름날 내가 입고 다니던 짙은 청록색 가운 한 자락이 가시에 찢겼다.

Thinking away oneself
a melting sensation

an envahissement of delicious dissolution
(what a miraculous appropriate
noun!)

aftereffect of certain drug
used by anaest.
I have never been much
interested in navel.

생각에 잠겨 자신을 소거하기

녹아내리는 느낌
감미로운 용해(참 경이로울 정도로 절묘한 단어!)의 엄습

마취과에서 사용하는 어떤 약물의 후유증.
나는 특별히 배꼽에 관심을 둔 적이 한 번도 없었다.

제거하다
인멸하다
지우다
삭제하다
문질러 없애다
쓸어버리다
말소하다

1) 그 영화에 나오는 유독한 작품: 여기서 '그 영화'는 1974년에 개봉한 멜 브룩스 감독의 코미디 영화 〈청년 프랑켄슈타인〉이라는 설이 있다. 이 경우, 플로라가 언급한 '유독한 작품'은 이 영화의 주인공인 신경병리학자 프롱켄스틴(미국에 이민 와서 성이 바뀌었다)이 자신의 조부인 프랑켄슈타인 박사의 성에서 발견한 조부의 '실험기록 일지'가 된다. 죽은 자를 소생시키는 법이 적힌 그 일지와 인간의 의지력으로 삶에서 죽음으로 옮겨가는 실험을 기록한 와일드의 원고는 반전된 상(像)처럼 서로 연결되는 측면이 있다.
2) 두시카 마야: 러시아어로 '내 사랑'이라는 뜻.
3) 약속했던 철회: 화자와 플로라가 관계를 갖기 전 질외사정을 하기로 합의했고 화자가 그 약속을 따른 것을 가리킨다.
4) 극락조화: 남아프리카산 파초과에 속한 식물로, 바나나를 닮은 잎 끝에 왕관을 씌운 듯한 꽃 모양이 극락조를 닮았다. 꽃말은 '사랑을 위해 멋을 부린 남자' '영원함'이다. 참고로 나보코프가 초기에 사용한 필명인 시린은 러시아어로 '극락조'라는 뜻이다.
5) 파이커: piker. '구두쇠' '인색한 도박꾼'이라는 뜻.
6) 〈나르시스와 나르세트〉 공연: 1911년 '발레 뤼스' 발레단이 미하일 포킨의 안무로 몬테카를로에서 초연한 체레프닌의 〈나르키소스와 에코〉에 대한 패러디로 보인다.
7) 유혹자: 원문의 'charmeur'는 '마법사' '매혹자' '정부' '미남자'라는 뜻을 가진 프랑스어로 『롤리타』의 전신이라 할 수 있는 나보코프의 소설 「매혹자」를 연상시킨다.
8) 허버트 H. 허버트: 명백히 『롤리타』의 화자이자 주인공인 험버트 험버트를 연상시키는 이름이다. 허버트 씨가 포도주 밀수를 한다는 설정도 험버트의 친조부가 포도주상이었다는 설정에 기인한 것으로 보인다.
9) 팔로미노: 몸통은 황금색이나 갈색이고 갈기와 꼬리는 흰색인 말의 털색을 일컫는다.
10) 앙파상: 체스 게임 기법 중 하나. '통과 도중에'라는 뜻으로, 상대의 폰이 통과한 칸에 자신의 폰을 이동시켜 말을 잡는 기법이다.
11) 푸른 샘의 숲: 원문은 Blue Fountain Forest로, 파리 교외에 있으며 과거 왕족과 귀족 들이 여가를 즐기던 '퐁텐블로(Fontainebleau)' 숲을 연상시킨다. 퐁텐블로

숲은 플로베르의 소설 『감정교육』에서 주인공 프레데릭이 프랑스 혁명이 일어나기 직전 파리를 떠난 후 머무르는 장소로, 프레데릭은 그 때문에 역사의 현장을 목격할 기회를 놓치게 된다.

12) 19세기 문학을 언급한 것으로, '깨진 유리 파편'은 체호프의 초기 단편소설 「늑대」에 나오는 "달밤에 제방 위에서 별빛을 받아 반짝이는 깨진 유리병의 목"을 연상시키는데, 희곡 『갈매기』에도 거의 똑같은 묘사가 다시 나올 만큼 체호프 특유의 압축적인 시공간 묘사기법을 잘 보여주는 표현이다. 나보코프는 체호프의 『갈매기』에 대한 강의중에 이 표현이 나오는 대목을 예로 들며 "여기서 우리는 체호프와 다른 작가들 사이에 어떤 차이가 있는지 확인할 수 있다"고 언급한 바 있다.

    한편 '가장자리가 레이스로 된 해진 천조각'은 플로베르의 『보바리 부인』에서 에마가 로돌프와 단둘이 말을 타고 나가 처음 통정을 하게 되는 산책 장면에서 쓰고 있던 유난히 길게 늘어진 푸른 베일을 연상시킨다. 나보코프는 이 승마 산책 장면이 '19세기 소설이 여성의 타락을 표현하는 일반적인 설정'이라며, 이 장면에서 반복해 묘사되는 베일의 뱀 같은 움직임에 특별히 주목할 필요가 있다고 『마담 보바리』에 대한 강의에서 언급했다. (참고로 에마는 로돌프와 통정을 한 후 "져가는 햇빛에 눈이 부셔하는" 걸로 봐서, 길고 거추장스러운 베일을 벗어 던진 것으로 추정된다. 19세기 사람인 에마가 사랑의 황홀감에 빠져 잊어버리고 놓고 간 베일은 플로라가 발견했을 당시 필시 해진 천조각이 돼 있었을 것이다.)

13) 보티첼리가 그림 〈봄〉에서 묘사한 꽃의 여신 '플로라'를 연상시키는 부분이다. 나보코프는 이 소설을 집필하기 직전인 1974년에 출판한 그의 마지막 장편소설 『어릿광대를 보라!』 2부 7장에서 이 그림 속에 등장하는 플로라를 다음과 같이 묘사한 바 있다. "보티첼리의 〈봄〉 그림 속 왼쪽에서 다섯번째 소녀, 곧은 코와 진지한 회색 눈에 꽃으로 장식된 금발머리 소녀."

14) 생 레제 덱쥐페르스: 이 생 레제 덱쥐페르스(St. Leger d'Exuperse)라는 이름은, 1960년 노벨상을 받은 프랑스 시인 생존 페르스(본명은 마리 르네 오귀스트 알렉시 생레제 레제Marie René Auguste Alexis Saint-Léger Léger), 혹은 『어린 왕자』의 작가 생텍쥐페리(Antoine Marie Roger de Saint-Exupéry)를 연상시킨다.

15) Lom.과 Derzh.: 러시아 18세기 시인 로모노소프(Lomonosov)와 데르자빈(Derzhavin)을 가리킨다.

16) T가 E. O.: 푸시킨의 『예브게니 오네긴』의 두 주인공인 타티야나(Tatyana)와 예브게니 오네긴(Eugene Onegin)을 가리킨다.

17) I. I.: 톨스토이의 단편 「이반 일리치의 죽음」의 주인공 이반 일리치(Ivan Ilyich)를

가리킨다.

18) 샤: 과거 페르시아 제국을 다스리던 왕을 뜻하는 칭호.

19) 한 다스의 일요일이 지나는 동안: 매주 일요일마다 그 주에 미국에서 가장 많이 팔린 책 목록을 싣는 〈뉴욕 타임스〉를 기준으로 한 표현으로, 12주를 의미한다.

20) 필리도르 소바주: '소바주(Sauvage)'는 '거친' '미개의' '야만적인'이라는 뜻을 가진 영어 단어 '와일드(Wild)'의 프랑스어 번역.

21) 세팔로피움: cephal(머리) + opium(아편)의 합성어.

22) D: 필립 와일드의 'Diary(일기)'의 약자일 것으로 추정된다.

23) 내시 현상: 특정 조건에 의해, 눈 외부의 자극이 아니라 내부가 보이는 시각 현상. 나보코프는 『말하라, 기억이여』에서도 이 현상 중 하나인 비문증에 대해 언급한 바 있다.

24) 나이절 델링: 영국의 축구선수 나이절 달링(Nigel Dalling)의 오기라는 해석도 있지만, 뒤에 필립 와일드로 추정되는 인물이 A.N.D.라는 이름으로 등장하는 걸로 봐서 필립 와일드의 또다른 이름(혹은 실명)일 수 있다.

25) 내 이름에서 반복되는 'i': '필립 와일드(Philip Wild)'에서는 'i'가 세 번 반복된다.

26) 실내화(Carpetoes): '남자용 짧은 양말'이란 뜻의 러시아어 'karpetka'를 연상시키기도 하지만, 문맥상 영어의 'carpet(카펫)'과 'shoes(신)'를 합성하거나 라틴어 'carpe(즐겨라)'와 영어 'toes(발가락)'를 합성해 만든 나보코프의 조어로 추정된다.

27) 남쪽 지방에서 여름에 쓰는 오렌지색 햇빛 가리개들: 와일드가 지금 일기를 쓰고 있는 장소에 대한 메모라 가정하면, D11 카드에서 언급되는 '여름날 노천카페에 앉아 소녀들을 바라보는 남자'가 와일드 자신일 거라고 추정할 수도 있다.

28) 갱글리아: Ganglia는 신경세포체가 모인 '신경절'을 뜻하는 단어로, 신경생리학자인 와일드가 대학 이름을 허구로 지어냈을 가능성이 있다.

29) fille: 프랑스어로 '소녀'라는 뜻.

30) 절제: 플라톤이 제시한 인간의 덕 중 하나로, 지혜가 인간의 이성적인 부분을 담당한다면, 절제는 인간의 정욕적인 부분을 담당한다.

31) 프루스트의 『잃어버린 시간을 찾아서』에서 화자 마르셀이 마들렌을 홍차에 적셔 먹으며 어린 시절의 기억을 떠올리는 대목을 독자들이 연상하리라는 것을 의미한다.

32) 오페르 박사: Dr. Aupert. 프랑스의 유명한 소아과 의사이자 내분비학자였던 외젠 아페르(Eugéne Apert) 박사를 떠올리게 하는 인물이다.

33) A.N.D.: A. 나이절(Nigel) 델링(Delling)?

34) 오를로주: Horloge. 프랑스어로 '시계' '시간'이란 뜻이다.

35) 단테의 ~~심실 속~~ 호수: 단테의 『신곡—「지옥편」』 1곡에 언급되는 단테의 '내 가슴속 호수'("내 가슴속 호수에 깃들어 나를 밤새 고통스럽게 한 두려움")를 가리키는 표현이다. 여기서 나보코프는 구체적으로 '심실'이라는 단어를 썼다가 취소선을 그었는데, 집필 당시 자신이 병상에서 읽고 있던 단테의 『신곡—「지옥편」』 판본(찰스 싱글턴이 1970년대 번역한 판본으로, 이에 대해서는 '역자 해설' 참조)의 다음과 같은 싱글턴의 주석을 참조한 흔적으로 보인다. "단테 시대에는 두려움 등의 감정이 깃들어 있는 '호수'가 가슴속에 존재한다고 믿었는데, 이 호수 개념은 곧 피가 한데 모이는 '심실' 개념으로 이해할 수 있다."

36) 라일의 섬: 대뇌피질 부위 중 하나인 섬엽(인슐라)의 별칭. 바다 위의 섬처럼 다른 부분과 구별되기 때문에, 발견자 요한 라일의 이름을 따서 그렇게 부른다. 인슐라(insula)는 라틴어로 섬이라는 뜻이다.

37) 『인체생리학』: 1893년에 출간된 손턴의 저서 『인체생리학』을 1926년에 스마트가 대폭 개정하여 제3판을 냈는데, 이 책을 나보코프가 참조한 것으로 보인다. 이 책의 299쪽에는 척수의 감각계전달로가 해설되어 있다.

38) 오로라 리: Aurora Lee. 『롤리타』에서 '애너벨 리(Annabel Leigh)'라는 이름의 소녀가 험버트의 어린 시절 연인으로 등장했던 것과 마찬가지로 에드거 앨런 포의 시 「애너벨 리(Annabel Lee)」와 관련된 작명으로 추정된다. 또한 '로라(Laura)—오로라(Aurora)—플로라(FLaura)' 간의 언어유희도 엿볼 수 있다.

39) 대외적인 입술과 눈: 플로라가 사람들 앞에서 의식적으로 짓는 표정을 의미할 수도 있지만, 맥락상 플로라를 모델로 한 소설 『나의 로라』를 통해 공식적으로 각인된 플로라(로라) 특유의 이목구비를 의미할 가능성이 크다.

40) 브라흐마(Brahma): 인도의 불교 성립 이전의 브라만교에서 가장 존중되었던 신으로, '범천왕' '범왕' 등으로 불리며 불법 수호의 신 중 하나가 된다.

41) 열쇠소설(roman à clef): 실제 일어난 일을 그리되 이름이나 몇몇 구체적인 정황을 약자로 표기하거나 허구로 꾸민 소설을 일컫는 용어로, 실화소설이라고도 한다. '열쇠(clef)'라는 표현은 작가가 실명을 암시하는 (허구의 덮개를 여는) '열쇠' 표를 작품 부록으로 첨부하거나 따로 출판한 전통에서 유래한다.

42) 벨벳 발레: 벨벳처럼 부드럽고 사근사근한 하인이나 종자.

43) 마브로사: 원문의 'marbrosa'는 가상의 나무로, 영어의 'marble(대리석)'과 'rose(장미)'를 합성해 만든 조어로 추정된다.

44) mast.: 수음(masturbation)의 약자로 추정된다.

45) 로톤다: 돔과 원주가 있는 원형의 정자식 건축물.

46) 에스메랄다: 빅토르 위고의 소설 『파리의 노트르담』에서 주인공 카지모도가 사랑하는 집시 여인을 떠올리게 되는 다소 역설적인 작명이라 할 수 있다. 또한 나보코프는 본 작품을 집필하기 직전에 출판한 『어릿광대를 보라!』에서 자신의 소설 『롤리타』를 『에스메랄다와 그녀의 파란드루스』라는 제목으로 바꿔 패러디한 바 있다.

47) TLS: 'Times Literary Supplement'의 약자로, 런던 타임스 신문사에서 매주 발간하는 서평지다.

48) TLS 1976년 1월 16일자에 실린 아이반 모리스의 『고결한 실패: 일본 역사의 비극적 영웅들』에 대한 로저 스크루턴의 서평 기사 「죽음의 에티켓」에서 인용한 것이다. 이 기사에는 1970년 미시마 유키오의 할복자살 사건으로 화제가 된 일본의 할복 문화에 대한 서방의 관심이 반영되어 있다.

49) 필립 니키틴: 톨스토이의 『안나 카레니나』에 동명의 인물(오블론스키의 동료로 레빈에게 소개되는 인물)이 있으나 이런 의견을 내놓을 만한 인물로 그려지지는 않는다. 하지만 『안나 카레니나』의 주제 중 하나가 간통과 자살에 대한 윤리적, 도덕적, 사회적 단죄의 재고임을 떠올리면, 우연한 일치는 아닌 듯 보인다.

THE ORIGINAL OF LAURA

Ch. One

Her husband, she answered, was a writer, too—at least, after a fashion. Fat men beat their wives, it is said, and he certainly looked fierce, when he caught her riffling through his papers. He pretended to slam down a marble paperweight and crush this weak little hand (displaying the little hand in febrile motion) Actually she was searching for a silly business letter—and not in the least trying to decipher his mysterious

2

manuscript. Oh no, it was not a work of fiction which one dashes off, you know, to make money; it was a mad neurologist's testament, a kind of Poisonous Opus as in that film. It had cost him, and would still cost him, years of toil, but the thing was of course, an absolute secret. If she mentioned it at all, she added, it was because she was drunk. She wished to be taken home or preferably to some cool quiet place with a clean bed and room service. She wore a strapless gown

3

and slippers of black velvet. Her bare insteps were as white as her young shoulders. The party seemed to have degenerated into a lot of sober eyes staring at her with nasty compassion from every corner, every cushion and ashtray, and even from the hills of the spring night framed in the open french window. Mrs. Carr, her hostess, repeated what a pity it was that Philip could not come or rather that Flora could not have induced

4

him to come! I'll drug him next time said Flora, rummaging all around her seat for her small formless vanity bag, a blind black puppy. Here it is, cried an anonymous girl, squatting quickly.

Mrs Carr's nephew, Anthony Carr, and his wife Winny, were one of those easygoing, over-generous couples that positively crave to lend their flat to a friend, any friend, when they and their dog do not happen

5

to need it. Flora spotted at once the alien creams in the bathroom and the open can of Fido's Feast next to the naked cheese in the cluttered fridge. A brief set of instructions (pertaining to the superintend[e]nt and the charwoman) ended on: "Ring up my aunt Emily Carr," which evidently had be[en] already done to lamentation in Heaven and laughter in Hell. The double bed was made but was unfresh inside. With comic fastidiousness Flora spread

6

her fur coat over it before undressing and lying down.

Where was the damned valise that had been brought up earlier? In the vestibule closet. Had everything to be shaken out before the pair of morocco slippers could be located foetally folded in their zippered pouch? Hiding under the shaving kit. All the towels in the bathroom, whether pink or green, were of a thick, soggy-looking, spongy-like texture.

7

Let us choose the smallest. On the way back the distal edge of the right slipper lost its grip and had to be pried at the grateful heel with a finger for shoeing- horn.

Oh hurry up, she said softly[.]

That first surrender of hers was a little sudden, if not downright unnerving. A pause for some light caresses, concealed embarrassment, feigned amusement, prefactory contemplation[.] She was

8

an extravagantly slender girl. Her ribs showed. The conspicuous knobs of her hipbones framed a hollowed abdomen, so flat as to belie the notion of "belly". Her exquisite bone structure immediately slipped into a novel—became in fact the secret structure of that novel, besides supporting a number of poems. The cup-sized breasts of that twenty-four year old impatient beauty seemed a dozen years younger than she, with those pale squinty nipples and firm form.

9

Her painted eyelids were closed. A tear of no particular meaning gemmed the hard top of her cheek. Nobody could tell what went on in that little head[.] Waves of desire rippled there, a recent lover fell back in a swoon, hygienic doubts were raised and dismissed, contempt for everyone but herself advertised with a flush of warmth its constant presence, here it is, cried what's her name squatting quickly. My darling, dushka moya (eyebrows

10

went up, eyes opened and closed again, she didnt meet Russians often, this should be pondered.)

Masking her face, coating her side, pinaforing her stomack with kisses—all very acceptable while they remained dry.

Her frail, docile frame when turned over by hand revealed new marvels—the mobile omoplates of a child being tubbed, the incurvation of a ballerina's spine, narrow nates

11

of an ambiguous irresistable charm (nature's beastliest bluff, said Paul de G watching a dour old don watching boys bathing)

Only by identifying her with an unwritten, half-written, rewritten difficult book could one hope to render at last what

12

contemporary descriptions of intercourse so seldom convey, because newborn and thus generalized, in the sense of primitive organisms of art as opposed to the personal achievement of great English poets dealing with an evening in the country, a bit of sky in a river, the nostalgia of remote sounds—things utterly beyond the reach of Homer or Horace. Readers are directed to that book—on a very high shelf, in a very bad light—but

13

already existing, as magic exists, and death, and as shall exist, from now on, the mouth she made automatically while using that towel to wipe her thighs after the promised withdrawal.

A copy of Glist's dreadful "Glandscape" (receding ovals) adorned the wall. Vital and serene, according to philistine Flora. Auroral rumbles and bangs had begun jolting the cold misty city[.]

She consulted the onyx eye on her wrist. It was too tiny and not

14

costly enough for its size to go right, she said (translating from Russian) and it was the first time in her stormy life that she knew anyone take of[f] his watch to make love. "But I'm sure it is sufficiently late to ring up another fellow (stretching her swift cruel arm toward the bedside telephone)."

She who mislaid everything dialled fluently a long number

"You were asleep? I've shattered your sleep? That's what you

15

deserve. Now listen carefully." And with tigerish zest, monstrously magnifying a trivial tiff she had had with him whose pyjamas (the idiot subject of the tiff) were changing the while, in the spectrum of his surprise and distress, from heliotrope to a sickly gray, she dismissed the poor oaf for ever.

"That's done,["] she said, resolutely replacing the receiver. Was I game now for another round, she wanted to know.

16

No? Not even a quickie? Well, <u>tant pis</u>. Try to find me some liquor in their kitchen, and then take me home.

The position of her head, its trustful poximity, its gratefully shouldered weight, the tickle of her hair, endured all through the drive; yet she was not asleep and with the greatest exactitude had the taxi stop to let her out at the corner of Heine street, not too far from, nor too close to, her

17

house. This was an old villa backed by tall trees. In the shadows of a side alley a young man with a mackintosh over his white pyjamas was wringing his hands. The street lights were going out in alternate order, the odd numbers first. Along the pavement in front of the villa her obese husband, in a rumpled black suit and tartan booties with clasps, was walking a striped cat on an overlong leash. She made for the front door.

18

Her husband followed, now carrying the cat. The scene might be called somewhat incongr[u]ous. The animal seemed naively fascinated by the snake trailing behind on the ground.

Not wishing to harness herself to futurity, she declined to discuss another rendez-vous. To prod her slightly, a messenger called at her domicile three days later[.] He brought from the favorite florist of fashionable girls a banal bevy

19

of bird-of-paradise flowers. Cora, the mulatto chambermaid, who let him in, surveyed the shabby courier, his comic cap, his wan countenance with it[s] three days growth of blond beard, and was about to raise her chin and embrace his rustling load but he said "No, I've been ordered to give this to Madame herself ". " You French?", asked scornful Cora (the whole scene was pretty artificial in a fishy theatrical way). He shook his head—and here

20

Madame appeared from the breakfast room. First of all she dismissed Cora with the strelitzias (hateful blooms, regalized bananas, really).

"Look," she said to the beaming bum, "if you ever repeat this idiotic performance, I will never see you again. I swear I won't! In fact, I have a great mind—" He flattened her against the wall between his outstretched arms; Flora ducked, and freed herself, and showed him the door; but the telephone was already ringing ecstatically when he reached his lodgings.

Two 1

Ch. Two

Her grandfather, the painter Lev Linde, emigrated in 1920 from Moscow to New York with his wife Eva and his son Adam. He also brought over a large collection of his landscapes, either unsold or loaned to him by kind friends and ignorant institutions—pictures that were said to be the glory of Russia, the pride of the people. How many times art albums had reproduced those meticulous masterpieces—clearings in pine woods, with a bear cub or two, and brown brooks between thawing snow-banks, and the vastness of purple heaths!

Two 2

Native "decadents" had been calling them "calendar tripe" for the last three decades; yet Linde had always had an army of stout admirers; mighty few of them turned up at his exhibitions in America. Very soon a number of unconsolable oils found themselves being shipped back to Moscow, while another batch moped in rented flats before trouping up to the attic or creeping down to the marketstall.

What can be sadder than a discouraged

Two 3

artist dying not from his own commonplace maladies, but from the cancer of oblivion invading his once famous pictures such as "April in Yalta" or "The Old Bridge["]? Let us not dwell on the choice of the wrong place of exile. Let us not linger at that pityful bedside.

His son Adam Lind (he dropped the last letter on the tacite advice of a misprint in a catalogue) was more successful. By the age of thirty he had become a fashionable photographer. He married the ballerina Lanskaya,

Two 4

a delightful dancer, though with something fragile and gauche about her that kept her teetering on a narrow ledge between benevolent recognition and the rave reviews of nonentities. Her first lovers belonged mostly to the Union of Property Movers, simple fellows of Polish extraction; but Flora was probably Adam's daughter. Three years after her birth Adam discovered that the boy he loved had strangled another, unattainable, boy

Two 5

whom he loved even more. Adam Lind had always had an inclination for trick photography and this time, before shooting himself in a Montecarlo hotel (on the night, sad to relate, of his wife's very real success in Piker's

"Narcisse et Narcette"), he geared and focussed his camera in a corner of the drawing room so as to record the event from different angles. These automatic pictures of his last moments and of a table's lion-paws did not come out to[o] well; but his widow

Two 6

easily sold them for the price of a flat in Paris to the local magazine Pitch which specialized in soccer and diabolical faits-divers.

With her little daughter, an English governess, a Russian nanny, and a cosmopolitan lover, she settled in Paris, then moved to Florence, sojourned in London and returned to France. Her art was not strong enough to survive the loss of good looks as well as a certain worsening flaw in her pretty but too prominent right omoplate, and by the

Two 7

age of forty or so we find her reduced to giving dancing lessons at a not quite first-rate school in Paris.

Her glamorous lovers were now replaced by an elderly but still vigorous Englishm[a]n who sought abroad a refuge from taxes and a convenient place to conduct his not quite legal transactions in the traffic of wines. He was what used to be termed a charmeur. His name, no doubt assumed, was Hubert H. Hubert.

Flora, a lovely child, as she said

Two 8

herself with a slight shake (dreamy? Incredulous?) of her head every time she spoke of those prepubescent years, had a gray home life marked by ill health, and boredom. Only some very expensive, super-Oriental doctor with long gentle fingers could have analyzed her nightly dreams of erotic torture in so called “labs”, major and minor laboratories with red curtains. She did not remember her father and rather disliked her mother. She was often alone in

Two 9

the house with Mr. Hubert, who constantly “prowled” (rodait) around her, humming a monotonous tune and sort of mesmerising her, envelopping her, so to speak in some sticky invisible substance and coming closer and closer no matter what way she turned. For instance she did not dare to let her arms hang aimlessly lest her knuckles came into contact with some horrible part of that kindly but smelly and “pushing” old male.

Two 10

He told her stories about his sad life, he told her about his daughter who was just like her, same age—twelve—, same eyelashes—darker than the dark blue of the iris, same hair, blondish or rather palomino, and so silky—if he could be allowed to stroke it, or l’effleurer des levres, like this, thats all, thank you. Poor Daisy had been crushed to death by a backing lorry on a country road—short cut home from school—

Two 11

through a muddy construction site—abominable tragedy—her mother died of a broken heart. Mr Hubert sat on Flora’s bed and nodded his bald head acknowledging all the offences of life, and wiped his eyes with a violet handkerchief which turned orange—a little parlor trick—when he stuffed it back into his heart-pocket, and continued to nod as he tried to adjust his thick outsole to a pattern of the carpet. He looked now like a not too successful conjuror paid to tell

Two 12

fairytales to a sleepy child at bedtime, but he sat a little too close. Flora wore a nightgown with short sleeves copied from that of the Montglas de Sancerre girl, a very sweet and depraved schoolmate, who taught her where to kick an enterprising gentleman.

A week or so later Flora happened to be laid up with a chest cold. The mercury went up to 38° in the late afternoon and she complained of a dull buzz

Two 13

in the temples. Mrs Lind cursed the old housemaid for buying asparagus instead of Asperin and hurried to the pharmacy herself. Mr Hubert had brought his pet a thoughtful present: a miniature chess set ("she knew the moves") with tickly-looking little holes bored in the squares to admit and grip the red and white pieces; the pin-sized pawns penetrated easily, but the slightly larger noblemen had to be forced in with an ennervating joggle. The pharmacy was perhaps closed

Two 14

and she had to go to the one next to the church or else she had met some friend of hers in the street and would never return. A fourfold smell—tobacco, sweat, rum and bad teeth—emanated from poor old harmless Mr Hubert, it was all very pathetic. His fat porous nose with red nostrils full of hair nearly touched her bare throat as he helped to prop the pillows behind her shoulders, and the muddy road was again, was for ever a short cut between her and school, between school and death,

Two 15

with Daisy's bycycle wobbling in the indelible fog. She, too, had "known the moves", and had loved the en passant trick as one loves a new toy, but it cropped up so seldom, though he tried to prepare those magic positions where the ghost of a pawn can be captured on the square it has crossed.

Fever, however, turns games of skill into the stuff of nightmares. After a few minutes of play Flora grew tired of it, put a rook in her mouth, ejected it,

Two 16

clowning dully. She pushed the board away and Mr. Hubert carefully removed it to the chair that supported the tea things. Then, with a father's sudden concern, he said "I'm afraid you are chilly, my love," and plunging a hand under the bedclothes from his vantage point at the footboard, he felt her shins[.] Flora uttered a yelp and then a few screams. Freeing themselves from the tumbled sheets her pedalling legs hit him in the crotch. As he lurched aside, the teapot, a saucer of raspberry jam,

Two 17

an[d] several tiny chessmen joined in the silly fray. Mrs Lind who had just returned and was sampling some grapes she had bought, heard the screams and the crash and arrived at a dancer's run. She soothed the absolutely furious, deeply insulted Mr Hubert before scolding her daughter. He was a dear man, and his life lay in ruins all around him. He wanted [her] to marry him, saying she was the image of the young actress who had been his wife, and indeed to judge by the photographs

Two 18

she, Madame Lanskaya, did ressemble poor Daisy's mother.

There is little to add about the incidental, but not unattractive Mr Hubert H. Hubert. He lodged for another happy year in that cosy house and died of a stroke in a hotel lift after a business dinner. Going up, one would like to surmise.

Three 1

Ch. Three

Flora was barely fourteen when she lost her virginity to a coeval, a handsome ballboy at the Carlton Courts in Cannes. Three or four broken porch steps—which was all that remained of an ornate public toilet or some ancient templet—smothered in mints and campanulas and surrounded by junipers, formed the site of a duty she had resolved to perform rather than a casual pleasure she was now learning to taste. She observed with quiet interest the difficulty Jules had of drawing a junior-size sheath over an

Three 2

organ that looked abnormally stout and at full erection had a head turned somewhat askew as if wary of receiving a backhand slap at the ~~decisive moment~~. Flora let Jules do everything he desired except kiss her on the mouth, and the only words said referred to the next assignation.

One evening after a hard day picking up and tossing balls and pattering in a crouch across court between the rallies of a long tournament the poor boy, stinking more than usual, pleaded

Three 3

utter exhaustion and suggested going to a movie instead of making love; whereupon she walked away through the high heather and never saw Jules again—except when taking her tennis lessons with the stodgy old Basque in uncreased white trousers who had coached players in Odessa before World War One and still retained his effortless exquisite style.

Back in Paris Flora found new lovers. With a gifted youngster from the [Lanskaya] school and another

Three 4

eager, more or less interchangeable couple she would bycycle through the Blue Fountain Forest to a romantic refuge where a sparkle of broken glass or a lace-edged rag on the moss were the only signs of an earlier period of literature. A cloudless September maddened the crickets. The girls would compare the dimensions of their companions. Exchanges would be enjoyed with giggles and cries of surprise. Games of blindman's buff would be played in the buff. Sometimes a voyeur would be shaken out of a tree by the vigilant police.

Three 5

This is Flora of the close-set dark-blue eyes and cruel mouth recollecting in her midtwenties fragments of her past, with details lost or put back in the wrong order, TAIL betwe[e]n DELTA and SLIT, on dusty dim shelves, this is she. Everything about her is bound to remain blurry, even her name which seems to have been made expressly to have another one modelled upon it by a fantastically lucky artist. Of art, of love, of the

Three 6

difference between dreaming and waking she knew nothing but would have darted at you like a flatheaded blue serpent if you questioned her.

Three 7

She returned with her mother and Mr. Espenshade to Sutton, Mass. where she was born and now went to college in that town.

At eleven she had read A quoi revent les enfants, by a certain Dr Freud, a madman.

The extracts came in a St Leger d'Exuperse series of Les great representant de notre epoque though why great represent[atives] wrote so badly remained a mystery

Ex [0]

Sutton College

A sweet Japanese girl who took Russian and French because her stepfather was half French and half Russian, taught Flora to paint her left hand up to the radial artery (one of the tenderest areas of her beauty) with minuscule information, in so called "fairy" script, regarding names, dates and ideas. Both cheats had more French, than Russian; but in the latter the possible questions formed, as it were, a banal bouquet of probabilities:

Ex [1]

What kind of folklore preceded poetry in Rus?; speak a little of Lom. and Derzh.; paraphrase T's letter to E.O.; what does I.I.'s doctor deplore about the temperature of his own hands when preparing to [ ] his patient?—such was the information demanded by the professor of Russian Literature (a forlorn looking man bored to extinction by his subject).* As to the lady who taught French Literature[,] all she needed were the names of modern French writers and their listing on Flora's palm caused a much denser tickle[.] Especially memorable

*References are to Lomonosov and Derzhavin, Pushkin's Eugene Onegin and Tatanya, and Tolstoy's Ivan Ilyich; [ ] is used to indicate an intentional blank space throughout. —Dmitri Nabokov

Ex [2]

Modern French writers

was the little cluster of interlocked names on the ball of Flora's thumb: Malraux, Mauriac, Maurois, Michaux, Michima, Montherland and Morand. What amazes one is not the alliteration (a joke on the part of a mannered alphabet); not the inclusion of a foreign performer (a joke on the part of that fun loving little Japanese [girl] who would twist her limbs into a pretzel when entertaining Flora's Lesbian friends); and not even the fact that virtually all those writers were stunning mediocrities

Ex [3]

as writers go (the first in the list being the worst); what amazes one is that they were supposed to "represent an era" and that such representants could get away with the most execrable writing, provided they represent their times.

Four 1

Chapter Four

Mrs Lanskaya died on the day her daughter graduated from Sutton College. A new fountain had just been bequeat[h]ed to its campus by a former student, the widow of a shah. Generally speaking, one should carefully preserve in transliteration the feminine ending of a Russian surname (such as -aya, instead of the masculine -iy or -oy) when the woman in question is an artistic celebrity. So let it be "Landskaya"—land and sky and the melancholy echo

Four 2

of her dancing name. The fountain took quite a time to get correctly erected after an initial series of unevenly spaced spasms. The potentate had been potent till the absurd age of eighty. It was a very hot day with its blue somewhat veiled. A few photograph[er]s moved among the crowd as indifferent to it as specters doing their spectral job. And certainly for no earthly reason does this passage ressemble in r[h]ythm another novel,

Four 3

My Laura, where the mother appears as "Maya Umanskaya", a fabricated film actress.

Anyway, she suddenly collapsed on the lawn in the middle of the beautiful ceremony. A remarkable picture commemorated the event in "File". It showed Flora kneeling belatedly in the act of taking her mother's non-existent pulse, and it also showed a man of great corpulence and fame, still unacquainted with Flora: he stood just behind her, head bared and bowed, staring at the white of her

Four 4

legs under her black gown and at the fair hair under her academic cap.

Five 1

Chapter Five

A brilliant neurologist, a renowned lecturer [and] a gentleman of independent means, Dr Philip Wild had everything save an attractive exterior. However, one soon got over the shock of seeing that enormously fat creature mince toward the lectern on ridiculously small feet and of hearing the cock-a-doodle sound with which he cleared his throat before starting to enchant one with his wit. Laura disregarded the wit but was mesmerized by his fame and fortune.

Five 2

Fans were back that summer—the summer she made up her mind that the eminent Philip Wild, PH, would marry her. She had just opened a boutique d'eventails with another Sutton coed and the Polish artist Rawitch, pronounced by some Raw Itch, by him Rah Witch. Black fans and violet ones, fans like orange sunbursts, painted fans with clubtailed Chinese butterflies oh they were a great hit, and one day Wild came and bought five (five spreading out her own fingers like pleats)

Five 3

for "two aunts and three nieces" who did not really exist, but nevermind, it was an unusual extravagance on his part[.] His shyness suprized and amused FLaura.

Less amusing surprises awaited her. To day after three years of marriage she had enough of his fortune and fame. He was a domestic miser. His New Jersey house was absurdly understaffed. The ranchito in Arizona had not been redecorated for years. The villa on the

Five 4

Riviera had no swimming pool and only one bathroom. When she started to change all that, he would emit a kind of mild creak or squeak, and his brown eyes brimmed with sudden tears.

Five 5

She saw their travels in terms of adverts and a long talcum-white beach with the tropical breeze tossing the palms and her hair; he saw it in terms of forbidden foods, frittered away time, and ghastly expenses.

Five 1

Chapter [Five]*

Ivan Vaughan

The novel My Laura was begun very soon after the end of the love affair it depicts, was completed in one year, published three months later[,] and promptly torn apart by a book reviewer in a leading newspaper. It grimly survived and to the accompaniment of muffled grunts on the part of the librarious fates, its invisible hoisters, it wriggled up to the top of the bestsellers' list then started to slip, but stopped at a midway step in the vertical ice. A dozen

* This chapter was originally numbered as chapter five, but the author seems to have intended to change its number.

Five 2

Sundays passed and one had the impression that Laura had somehow got stuck on the seventh step (the last respectable one) or that, perhaps, some anonymous agent working for the author was [buying] up every week just enough copies to keep Laura there; but a day came when the climber above lost his foothold and toppled down [dislodging] number seven and eight and nine in a general collapse beyond any hope of recovery.

Five 3

The "I" of the book is a neurotic and hesitant man of letters, who destroys his mistress in the act of portraying her. Statically—if one can put it that way—the portrait is a faithful one. Such fixed details as her trick of opening her mouth when toweling her inguen or of closing her eyes when smelling an inodorous rose are absolutely true to the original.

Similarly [the] spare prose of the author with its pruning of rich adjectives

Philip Wild read "Laura" where he is sympath[et]ically depicted as a co[n]ventional "great s[c]ientist" and though not a single physical trait is mentioned, comes out with astounding classical clarity, under the name of Philidor Sauvage

[Chapter Six]

Times Dec. 1875

"An enk(c?)ephalin present in the brain has now been produced synthetically" "It is like morphine and other opiate drugs" Further research will show how and why "morphine has for centuries produced relief from pain and feelings of euphoria".

(invent tradename, e.g. cephalopium[;] find substitute term for enkephalin)

I taught thought to mimick an imperial neurotransmitter an aw[e]some messenger carrying my order of self destruction to my own brain. Suicide made a pleasure,

D 0

D

its tempting emptiness

D 1

Settling for a single line

The student who desires to die should learn first of all to project a mental image of himself upon his inner blackboard. This surface which at its virgin best has a darkplum, rather than black, depth of opacity is none other than the underside of one's closed eyelids.

To ensure a complete smoothness of background, care must be taken to eliminate the hypnagogic gargoyles and entoptic swarms which plague tired

D 2

vision after a surfeit of poring over a collection of coins or insects. Sound sleep and an eyebath should be enough to cleanse the locus.

Now comes the mental image. In preparing for my own experiments—a long fumble which these notes shall help novices to avoid—I toyed with the idea of drawing a fairly detailed, fairly recognizable portrait of myself on my private blackboard. I see myself

D 3

in my closet glass as an obese bulk with formless features and a sad porcine stare; but my visual imagination is nil, I am quite unable to tuck Nigel D[a]lling under my eyelid, let alone keeping him there in a fixed aspect of flesh for any length of time. I then tried various stylizations: a D[a]lling-like doll, a sketchy skeleton. Or would the letters of my name do? Its recurrent "i"

D 4

coinciding with our favorite pronoun suggested an elegant solution: a simple vertical line across my field of inner vision could be chalked in an instant, and what is more I could mark lightly by transverse marks the three divisions of my physical self: legs, torso, and head

D 5

Several months have now gone since I began working—not every day and not for protracted periods—on the upright line emblemazing me. Soon, with the strong thumb of thought I could rub out its base, which corresponded to my joined feet. Being new to the process of self-deletion, I attributed the ecstatic relief of getting rid of my toes (as represented by the white pedicule I was erasing with more than masturbatory joy) to the fact that I suffered torture ever since

D 6

the sandals of childhood were replaced by smart shoes, whose very polish reflected pain and poison. So what a delight it was to amputate my tiny feet! Yes, tiny, yet I always wanted them, rolly polly dandy that I am, to seem even smaller. The daytime footware always hurt, always hurt. I waddled home from work and replaced the agony of my dapper oxfords by the comfort of old bed slippers. This act of mercy inevitably drew from me a volupt[u]ous

D 7

sigh which my wife, whenever I imprudently let her hear it, denounced as vulgar, disgusting, obscene. Because [she] was a cruel lady or because she thought I might be clowning on purpose to irritate her, she once hid my slippers, hid them furthermore in separate spot[s] as one does with delicate siblings in orphanages, especially on chilly nights, but I forthwith went out and bought twenty pairs of soft, soft Carpetoes while hiding my tear-staining face under a Father Chris[t]mas mask, which frightened the shopgirls.

D 8

The orange awnings of southern summers.

For a moment I wondered with some apprehension if the deletion of my procreative system might produce nothing much more than a magnified orgasm. I was relieved to discover that the process continued sweet death's ineffable sensation which had nothing in common with ejaculations or sneezes. The three or four times that I reached that stage I forced myself to restore the lower half of my white "I" on my mental blackboard and thus wriggle out of my perilous trance.

D 9

I, Philip Wild[,] Lecturer in Experimental Psychology, University of Ganglia [, have] suffered for the last seventeen years from a humiliating stomack ailment which severely limited the jollities of companionship in small diningrooms

D 10

I loathe my belly, that trunkful of bowels, which I have to carry around, and everything connected with it—the wrong food, heartburn, constipation's leaden load, or else indigestion with a first installment of hot filth pouring out of me in a public toilet three minutes before a punctual engagement.

D 11

Heart (or Loins?)

There is, there was, only one girl in my life, an object of terror and tenderness, an object too, of universal compassion on the part of millions who read about her in her lover's books. I say "girl" and not woman, not wife nor wench. If I were writing in my first language I would have said "fille". A sidewalk cafe, a summer-striped sunday: il regardait passer les filles—that sense. Not professional whores, not necessarily well to-do tourists but "fille" as a translation of "girl" which I now retranslate:

from heel to hip, then the trunk, then the head when nothing was left but a grotesque bust with staring eyes

Sophrosyne, a platonic term for ideal self-control stemming from man's rational core.

Wild [0]

[Chapter Seven]

I was enjoying a petit-beurre with my noontime tea when the droll configuration of that particular bisquit's margins set into motion a train of thought that may have occurred to the reader even before it occurred to me. He knows already how much I disliked my toes. An ingrown nail on one foot and a corn on the other were now pestering me. Would it no[t] be a brilliant move, thought I, to get rid of my toes by sacrificing them to an experiment that only

Wild [1]

cowardness kept postponing? I had alwa[y]s restored, on my mental blackboard, the symbols of deleted organs before backing out of my trance. Scientific curiousity and plain logic demanded I prove to myself that if I left the flawed line alone, its flaw would be reflected in the condition of this or that part of my body. I dipped a last petitbeurre in my tea, swallowed the sweet mush and resolutely started to work on my wretched flesh.

Wild [2]

Testing a discovery and finding it correct can be a great satisfaction but it can be also a great shock mixed with all the torments of rivalry and ignoble envy. I know at least two such rivals of mine—you, Curson, and you, Croydon—who will clap their claws like crabs in boiling water. Now when it is the discoverer himself who tests his discovery and finds that it works he will feel a torrent of pride and purity that will cause him

Wild [3]

actually to pity Prof. Curson and pet Dr. Croydon (whom I see Mr West has demolished in a recent paper). We are above petty revenge.

On a hot Sunday afternoon, in my empty house—Flora and Cora being somewhere in bed with their boyfriends—I started the crucial test. The fine base of my chalk white "I" was erazed and left erazed when I decided to break my hypnotrance. The extermination of my ten toes had been accompanied with

Wild [4]

the usual volupty. I was lying on a mattress in my bath, with the strong beam of my shaving lamp trained on my feet. When I opened my eyes, I saw at once that my toes were intact.

After swallowing my disappointment I scrambled out of the tub, landed on the tiled floor and fell on my face. To my intense joy I could not stand properly because my ten toes were in a state of indescribable numbness. They looked all right, though perhaps a

Wild [5]

a little paler than usual, but all sensation had been slashed away by a razor of ice. I palpated warily the hallux and the four other digits of my right foot, then of my left one and all was rubber and rot. The immediate setting in of decay was especially sensationally. I crept on all fours into the adjacent bedroom and with infinite effort into my bed.

The rest was mere cleaning-up. In the course of the night I teased off the shrivelled white flesh and contemplated with utmost delight

[before his bath]

Wild [6]

I know my feet smelled despite daily baths, but <u>this</u> reek was something special

That test—though admittedly a trivial affair—confirmed me in the belief that I was working in the right direction and that (unless some hideous wound or excruciating sickness joined the merry pallbearers) the process of dying by auto-dissolution afforded the greatest ecstasy known to man.

Toes

I expected to see at best the length [of] each foot greatly reduced with its distal edge neatly transformed into the semblance of the end of a breadloaf without any trace of toes. At worst I was ready to face an anatomical prep[ar]ation of ten bare phalanges sticking out of my feet like a skeleton's claws. Actually all I saw was the familiar rows of digits.

1

Medical Intermezzo

"Install yourself," said the youngish suntanned, cheerful Dr Aupert, indicating openheartedly an armchair at the north rim of his desk, and proceeded to explain the necessity of a surgical intervention. He showed A. N. D. one of the dark grim urograms that had been taken of A. N. D.'s rear anatomy. The globular shadow of an adenoma eclipsed the greater part of the whitish bladder. This

2

benign tumor had been growing on the prostate for some fifteen years and was now as many times its size. The unfortunate gland with the great gray par[a]site clinging to it could and should be removed at once

"And if I refuse? said AND.

"Then, one of these days,

that back[grd] keep it free from any intervention. tired eyes.

Such as hypnagogic gargoyles* or entoptic swarms*

a vertical line chalked against a plum* tinted darkness

over one's collection of coins or insects

a manikin or a little skeleton but that demanded

* These phrases appear as well on page 131, which may indicate that this card is a draft of that material.

In this very special self-hypnotic state there can be no question of getting out of touch with on[e]self and floating into a normal sleep (unless you are very tired at the start)

To break the trance all you do is to restore in every chalk-bright details the simple picture of yourself a stylized skeleton on your men[t]al blackboard. One should remember, however, that the divine delight in destroying, say[,] one's breastbone should not be indulged in. Enjoy the destruction but do not linger over your own ruins lest you develop an incurable illness, or die before you are ready to die.

the delight of getting under an ingrown toenail with sharp scissors and snipping off the offending corner and the added ecstasy of finding beneath it an amber ab[s]cess whose blood flows[,] carrying away the ignoble pain

But with age I could not bend any longer toward my feet and was ashamed to present them to a pedicure.

Last Chapter

Beginning of last chapter

[Miss Ure, this is the MS of my last chapter which you will, please, type out in three copies—I need the additional one for prepub in Bud—or some other magasine.]*

Several years ago, when I was still working at the Horloge Institute of Neurologie, a silly female interviewer introduced me in a silly radio series ("Modern Eccentrics") as "a gentle Oriental sage, founder of

*Brackets around the first paragraph may be a reminder to set it as extract.

Penult. End.

End of penult chapter.

The manuscript in longhand of Wild's last chapter, which at the time of his fatal heart attack, ten blocks away, his typist, Sue U, had not had the time to tackle because of urgent work for another employer[,] was deftly plucked from her hand by that other fellow to find a place of publication more permanent than Bud or Root.

First a

Well, a writer of sorts. A budding and already rotting writer. After being a poor lector in some of our last dreary castles.

Yes, he's a lecturer too[.] A rich rotten lecturer (complete misunderstanding, another world).

Whom are they talking about? Her husband I guess. Flo is horribly frank about Philipp. (who could not come to the party—to any party)*

* This material fits in with conversation in the first chapter.

First b

heart or brain—when the ray projected by me reaches the lake of Dante [or] the Island of Reil

First c

Thornton + Smart Hum. Physiology

p. 299

Wild's [ms.]: I do not believe that the spinal cord is the only or even main conductor of the extravagant messages that reach my brain. I have to find out more about that—about the strange impression I have of there being some underpath, so to speak, along which the commands of my will power are passed to and fro along the shadow of nerves, rather [than] along the nerves proper.

First d

The photograph[er] was setting up

I alway[s] know she is cheating on me with a new boy friend whenever she visits my bleak bedroom more often than once a month (which is the average since I turned sixty)

I

The only way he could possess her was in the most [ ] position of copulation: he reclining on cushions: she sitting in the fauteuil of his flesh with her back to him. The procedure—a few bounces over very small humps—meant nothing to her[.] She looked at the snow-scape on the footboard of the bed—at the [curtains]; and he holding her in front of him like a child being given a sleighride down a

II

short slope by a kind stranger, he saw her back, her hip[s] between his hands.

Like toads or tortoises neither saw each other's faces See <u>animaux</u>

Aurora 1
Wild's notes

My sexual life is virtually over but—

I saw you again, Aurora Lee, whom as a youth I had pursued with hopeless desire at high-school balls—and whom I have cornered now fifty years later, on a terrace of my dream. Your painted pout and cold gaze were, come to think of it, very like the official lips and eyes of Flora, my wayward wife, and your flimsy frock of black silk might have come from her recent wardrobe. You turned away, but could not escape, trapped

Aurora 2

as you were among the close-set columns of moonlight and I lifted the hem of your dress—something I never had done in the past—and stroked, moulded, pinched ever so softly your pale prominent nates, while you stood perfectly still as if considering new possibilities of power and pleasure and interior decoration. At the height of your guarded ecstasy I thrust my cupped hand from behind between your consenting thighs and felt the sweat-stuck folds of a long scrotum and

Aurora 3

then, further in front, the droop of a short member. Speaking as an authority on dreams, I wish to add that this was no homosexual manifestation but a splendid example of terminal gynandrism. Young Aurora Lee (who was to be axed and chopped up at seventeen by an idiot lover, all glasses and beard) and half-impotent old Wild formed for a moment one creature. But quite apart from all that, in a more

Aurora 4

disgusting and delicious sense, her little bottom, so smooth, so moonlit, a replica, in fact, of her twin brother's charms, sampled rather brutally on my last night at boarding school, remained inset in the medal[l]ion of every following day.

Miscel.

Willpower, absolute self domination.

Electroencephalographic recordings of hypnotic "sleep" are very similar to those of the waking state and quite different from those of normal sleep; yet there are certain minute details about the pattern of the trance which are of extraordinary interest and place it specifically apart both from sleep and [waking].

Wild's note

self-extinction

self-immolation, -tor

As I destroyed my thorax, I also destroyed [ ] and the [ ] and the laughing people in theaters with a not longer visible stage or screen, and the [ ] and the [ ] in the cemetery of the asym[m]etrical heart

autosuggestion, autosugetist

autosuggestive

Wild's notes

A process of self-obliteration conducted by an effort of the will. Pleasure, bordering on almost unendurable exstacy, comes from feeling the will working at a new task: an act of destruction which develops paradoxically an element of creativeness in the totally new application of totally free will. Learning to use the vigor of the body for the purpose of its own deletion[,] standing vitality on its head.

OED

Nirvana [ ] blowing out (extinguishing), extinction, disappearance. In Buddhist theology extinction… and absorption into the supreme spirit.

(nirvanic embrace of Brahma)

bonze = Buddhist monk

bonzery, bonzeries

the doctrine of Buddhist incarnation

Brahmahood = absorption into the divine essence.

Brahmism

(all this postulates a supreme god)

Buddhism

Nirvana = "extinction of the self" "individual existence"

"release from the cycle of incarnations"

"reunion with Brahma (Hinduism)

attained through the suppression of individ[ual] existence.

Buddhism: Beatic spiritual condition

The religious rubbish and mysticism of Oriental wisdom

The minor poetry of mystical myths

Wild A

The novel Laura was sent to me by the painter Rawitch, a rejected admirer of my wife, of whom he did an exquisite oil a few years ago. The way I was led by delicate clues and ghostly nudges to the exhibition where "Lady with Fan" was sold to me by his girlfriend, a sniggering tart with gilt fingernails, is a separate anecdote in the anthology of humiliation to which, since my marriage, I have been a constant contributor. As to the book,

Wild B

a bestseller, which the blurb described as "a roman à clef with the clef lost for ever", the demonic hands of one of my servants, the Velvet Valet as Flora called him, kept slipping it into my visual field until I opened the damned thing and discovered it to be a maddening masterpiece

Z

Last §

Winny Carr waiting for her train on the station platform of Sex, a delightful Swiss resort famed for its crimson plums[,] noticed her old friend Flora on a bench near the bookstall with a paperback in her lap. This was the soft cover copy of Laura issued virtually at the same time as its much stouter and comelier hardback edition. She had just bought it at the station bookstall,

Z2

and in answer to Winny's jocular remark ("hope you'll enjoy the story of your life") said she doubted if she could force herself to start reading it.

Oh you must! said Winnie, it is, of course, fictionalized and all that but you'll come face to face with yourself at every other corner. And there's your wonderful death. Let me

Z3

show you your wonderful death. Damn, here's my train. Are we going together?["]

"I'm not going anywhere. I'm expecting somebody. Nothing very exciting. Please, let me have my book."

"Oh, but I simply must find that passage for you. It's not quite at the end. You'll scream with laughter. It's the craziest death in the world.["]

"You'll miss your train" said Flora

Five A

Philip Wild spent most of the afternoon in the shade of a marbrosa tree (that he vaguely mistook for an opulent tropical race of the birch) sipping tea with lemon and making embryonic notes with a diminutive pencil attached to a diminutive agenda-book which seemed to melt into his broad moist palm where it would spread in sporadic crucifixions. He sat with widespread

Five B

legs to accom[m]odate his enormous stomack and now and then checked or made in midthought half a movement to check the fly buttons of his old fashioned white trousers. There was also the recurrent search for his pencil sharpener, which he absently put into a different pocket every time after use. Otherwise, between all those small movements, he sat perfectly still, like a meditative idol. Flora would be often present lolling in a deckchair,

C

moving it from time to time, circling as it were around her husband, and enclosing his chair in her progression of strewn magazines as she sought an even denser shade than the one sheltering him. The urge to expose the maximum of naked flesh permitted by fashion was combined in her strange little mind with a dread of the least touch of tan defiling her ivory skin.

Eric's notes

To all contraceptive precautions, and indeed to orgasm at its safest and deepest, I much preferred—madly preferred—finishing off at my ease against the softest part of her thigh. This predilection might have been due to the unforgettable impact of my romps with schoolmates of different but erotically identical, sexes

he too needed
and that he would come to stay for for at least a week every other month

This [key] for a Theme
Begin with [poem] etc and
finish with mast and Flora, ascribe to picture

X

After a three-year separation (distant war, regular exchange of tender letters) we met again. Though still married to that hog she kept away from him and at the moment sojourned at a central European resort in eccentric solitude. We met in a splendid park that she praised with [exaggerated] warmth—picturesque trees, blooming meadow—and in a secluded part of it an ancient "rotonda" with pictures and music where

XX

we simply had to stop for a rest and a bite—the sisters, I mean, she said, the attendant[s] there—served iced coffee and cherry tart of quite special quality—and as she spoke I suddenly began to realise with a sense of utter depression and embarrassment that the "pavillion" was the celebrated Green Chapel of St Esmeralda and that she was brimming with religious fervor and yet miserably, desperately fearful, despite bright smiles and <u>un air enjoué</u>, of my insulting her by some mocking remark.

D 0

I hit upon the art of thinking away my body, my being, mind itself. To think away thought—luxurious suicide, delicious dissolution! Dissolution, in fact, is a marvelously apt term here, for as you sit relaxed in this comfortable chair (narrator striking its armrests) and start destroying yourself, the first thing you feel is a mounting melting from the feet upward

D one

In experimenting on oneself in order to pick out the sweetest death, one cannot, obviously, set part of one's body on fire or drain it of blood or subject it to any other drastic operation, for the simple reason that these are oneway treatments: there is no resurrecting the organ one has destroyed. It is the ability to stop the experiment and return intact from the perilous journey that makes all the difference, once its mysterious technique

D two

has been mastered by the student of self-annihilation. From the preceding chapters and the footnotes to them, he has learned, I hope, how to put himself into neutral, i.e. into a harmless trance and how to get out of it by a resolute wrench of the watchful will. What cannot be taught is the specific method of dissolving one's body, or at least part of one's body, while tranced. A deep probe of one's darkest self, the unraveling of subjective associations, may suddenly

D three

lead to the shadow of a clue and then to the clue itself. The only help I can provide is not even paradigmatic. For all I know, the way I found to woo death may be quite atypical; yet the story has to be told for the sake of its strange logic.

In a recurrent dream of my childhood I used to see a smudge on the wallpaper or on a whitewashed door, a nasty smudge that started to come alive,

D four

turning into a crustacean-like monster. As its appendages began to move, a thrill of foolish horror shook me awake; but the same night or the next I would be again facing idly some wall or screen on which a spot of dirt would attract the naive sleeper's attention by starting to grow and make groping and clasping gestures—and again I managed to wake up before its bloated bulk got unstuck from the wall. But one night

D five

when some trick of position, some dimple of pillow, some fold of bedclothes made me feel brighter and braver than usual, I let the smudge start its evolution and, drawing on an imagined mitten, I simply rubbed out the beast. Three or four times it appeared again in my dreams but now I welcomed its growing shape and gleefully erased it. Finally it gave up—as some day life will give up—bothering me.

Legs 1 7

I have never derived the least joy from my legs. In fact I strongly object to the bipedal condition[.] The fatter and wiser I grew the more I abominated the task of grappling with long drawers, trousers and pyjama pants. Had I been able to bear the stink and stickiness of my own unwashed body I would have slept with all my clothes on and had valets—preferably with some experience in the tailoring of corpses—change me, say, once a week. But then,

Legs 2 8

I also loath[e] the proximity of valets and the vile touch of their hands. The last one I had was at least clean but he regarded the act of dressing his master as a battle of wits, he doing his best to turn the wrong outside into the right inside and I undoing his endeavors by working my right foot into my left trouser leg. Our complicated exertions, which to an onlooker might

Legs 3 9

have seemed some sort of exotic wrestling match[,] would take us from one room to another and end by my sitting on the floor, exhausted and hot, with the bottom of my trousers mis-clothing my heaving abdomen.

Finally, in my sixties, I found the right person to dress and undress me: an old illusionist who is able to go behind a screen in the guise of a cossack and instantly come out at the other end as

Legs 4 10

Uncle Sam. He is tasteless and rude and altogether not a nice person, but he has taught me many a subtle trick such as folding trousers properly and I think I shall keep him despite the fantastic wages the rascal asks.

Wild remembers

Every now and then she would turn up for a few moments between trains, between planes, between lovers. My morning sleep would be interrupted by heartrending sounds—a window opening, a little bustle downstairs, a trunk coming, a trunk going, distant telephone conversations that seemed to be conducted in conspiratorial whispers. If shivering in my nightshirt I dared to waylay her all she said would be "you really ought to lose some weight" or "I hope you transfered that money as I indicated"—and all doors closed again.

Notes

the art of self-slaughter

TLS 16-1-76 "Nietz[s]che argued that the man of pure will... must recognise that that there is an appropriate time to die"

Philip Nikitin: The act of suicide may be "criminal" in the same sense that murder is criminal but in my case it is purified and hallowed by the incredible delight it gives.

Wild D

By now I have died up to my navel some fifty times in less than three years and my fifty resurrections have shown that no damage is done to the organs involved when breaking in time out of the trance. As soon as I started yesterday to work on my torso, the act of deletion produced an ecstasy superior to anything experienced before; yet I noticed that the ecstasy was accompanied by a new feeling of anxiety and even panic.

0

How curious to recall the trouble I had in finding an adequate spot for my first experiments. There was an old swing hanging from a branch of an old oaktree in a corner of the garden. Its ropes looked sturdy enough; its seat was provided with a comfortable safety bar of the kind inherited nowadays by chair lifts. It had been much used years ago by my half sister, a fat dreamy pigtailed creature who died before reaching puberty. I now had to take a ladder to it, for the sentimental

OO

relic was lifted out of human reach by the growth of the picturesque but completely indifferent tree. I had glided with a slight oscillation into the initial stage of a particularly rich trance when the cordage burst and I was hurled, still more or less boxed[,] into a ditch full of brambles which ripped off a piece of the peacock blue dressing gown I happened to be wearing that summer day.

Thinking away on[e]self
a mel[t]ing sensation
an envahissement of delicious dissolution (what a miraculous appropriate noun!)

aftereffect of certain drug used by anaest[hesiologist]
I have ne[ver] been much [interested] in navel

efface
expunge
erase
delete
rub out
wipe out
obliterate

나보코프의 마지막 코너킥

나보코프의 미완성 유작

1976년 12월 5일 〈뉴욕 타임스〉의 서평지에는 유명 작가들이 꼽은 '올해 가장 재밌게 읽은 세 권의 책' 목록이 실렸다. 다른 작가들의 일상적인 답변에 비해 나보코프의 답변은 뭔가 가슴을 뭉클하게 하면서도 신비스러운 점이 있었다. 그는 자신이 현재 위중한 상태임을 밝히며 다음과 같이 답했다.

"스위스 로잔 병원에 입원해 있던 1976년 여름 동안 내가 읽은 책들은 다음과 같습니다. 찰스 싱글턴이 번역한 단테의 『신곡—「지옥편」』*과 W. H. 하우의 『북아메리카의 나비들』, 그리고 마지막으로 『오리지널 오브 로라』입니다. 이 책은 내가 아프기 전에 쓰기 시작해서 다시 고쳐 쓰고 있는 소설로, 내 머릿속에서는 완성되었지만, 아직 다 끝마치지 못한 소설의 원고입니다."

그로부터 약 7개월 후인 1977년 7월 2일, 나보코프는 아내와 아들 드미트리가 지켜보는 가운데 78세를 일기로 세상을 떠났다. 그가 병상에서 읽고 있던, '머릿속에서는 완성되었'던 그 소설은 결국 138장의 인덱스카드에 적힌 약 8000개의 단어로 이루어진 '미완의 원고'로 남았다. 나보코프는 자신이 이 소설을 다 완성하지 못하고 죽으면 원고를 모두 불태워달라는 유언을 아내에게 남겼다. 하지만 그의 아내 베라 나보코프는 그 유언을 실행할 엄두를 내지 못했고, 이 미완성 원고는 소각되지도 출판되지도 않은 채 그후 30여 년 동안 스위스 금고에 보관되었다. 그 원고는 그렇게 실재하는 것도 실재하지 않는 것도 아닌, 소문과 후일담으로만 존재하는 일종의 림보 상태에 놓였다.

베라 여사의 사망 후 아버지의 유언 집행에 대한 권한과 의무를 어머니로부터 승계한 고인의 외아들 드미트리 나보코프는 수차례의 망설임과 결정을 번복한 끝에 결국 아버지의 유언을 따르지 않기로 결심하고 2009년 11월 이 작품을 세상에 공개한다.** 소각로

---

* 나보코프는 이 판본의 번역과 주석을 매우 높게 평가하여, 지인이었던 이 책의 편집자에게 "겉만 번지르르한 주해의 시대가 가고, 문학성의 정직한 빛이 다시 위용을 되찾는 걸 보게 되어 얼마나 기쁜지 모릅니다"라는 감사편지를 보내기도 했다.

** 2009년 11월 17일 펭귄 사와 크노프 사에서 동시에 책이 발간되기 일주일 전인 11월 10일, 『플레이보이』 12월호에 5000자 정도의 분량이 먼저 공개되었다. 최초 공개이긴 하지만 소설 전체가 아닌 일부를 게재할 권리에 대한 인세로 『플레이보이』가 나보코프 재단 측에 제시한 금액은 사상 최고가였다고 전해진다. 거기에 작품 일부를 변경할 권리까지 포함되어 있었는지는 모르지만, 『플레이보이』는 자유간접화법의 대화로 시작하는 복잡한 서두 부분을 단순하게 고쳐 실었다. 게다가 저자 이름도 'Nabakov'로 잘못 표기했다.

의 연기로 사라질 뻔한 『오리지널 오브 로라』(이하 『로라』로도 약칭함)가 비로소 나보코프의 명실상부한 마지막 소설로 세상에 나타나게 된 것이다. 작가 자신이 화형 선고를 내린 미완성 유작이 작가가 죽은 지 32년 만에 그의 아들에 의해 출판되는 과정에는 물론 많은 우여곡절과 논란이 뒤따랐다.

『오리지널 오브 로라』 위작 소동

드미트리 나보코프는 1991년 어머니 베라 여사의 사망으로 아버지의 유지를 이어받은 후부터 대중과 평단에 이 작품의 존재를 심심치 않게 환기하곤 했다. 나보코프의 유일한 유족으로서 어떤 쪽으로든 결정을 내려야 하는 드미트리의 상황은 '드미트리 딜레마'라 불리며 문학애호가들의 관심을 끌었다. 드미트리는 이 작품에 대한 견해와 아버지의 유언에 대한 자신의 난감한 입장을 인터뷰나 다른 연구자들을 통해 지속적으로 밝혀왔고, 1998년 코넬 대학에서 열린 나보코프 탄생 100주년 기념 학회(나보코프가 코넬 대학에서 교편을 잡은 지 50주년이 되는 해를 기념하는 행사이기도 했다)에서는 이 원고의 일부*를 당시 모인 나보코프 연구자들 앞에서 낭독하기도 했다. 드미트리의 이런 환기는 문학사적인 진지한 토론으

* 당시 그 자리에 있었던 연구자들 사이에서는 정확히 어떤 부분이 낭독되었는지에 대한 의견이 엇갈리고 있다. 제1장의 7번과 8번 카드 부분이었다고 기억하는 이도 있고, '오로라 리'가 언급되는 부분이었다는 의견도 있다.

로 이어지기도 했지만, 언론과 호사가들의 호기심을 자극해 각종 억측과 스캔들을 조장하기도 했다. 제프 에드먼즈라는 한 나보코프 애호가가 벌인 『오리지널 오브 로라』 위작 사건이 그 대표적인 예다.

'국제 나보코프 학회'의 공식 웹 사이트 '젬블라'의 관리자이기도 한 에드먼즈는 프랑스어로 소설을 두 편 쓴 소설가이자 화가로, 프랑스어, 러시아어, 일본어로 된 나보코프론論을 영역하여 젬블라에 게재하는 등 활발한 활동을 보이던 다재다능한 인물이었다. 그는 나보코프 인터넷 포럼 'Nabokov-L'에서 『로라』와 관련된 장난을 두 번 쳤는데, 1994년 4월 1일에 '로라'의 인덱스카드 원고를 찍은 사진을 입수했다는 글*을 올린 첫번째 장난은, 대사건이 된 두번째 장난에 비하면 가벼운 만우절 농담에 지나지 않았다.

두번째 장난은 더 정교해졌고 배포도 훨씬 두둑해졌다. 1998년 9월 말 젬블라 사이트에 「오리지널 오브 로라: 나보코프의 마지막 책 최초 공개」라는 제목의 논문이 게재되었는데, 필자는 미셸 데조멜리에라는 이름의 스위스 학자로, 초고 전문의 속기록과 인덱스카드 원고 몇 장을 입수했다는 인물이었다. 논문에는 유고 발견 경위를 밝히는 글과 원고에서 발췌한 인용 및 그에 대한 필자의 주석이

---

* 요약하면 다음과 같다. "어제 나는 1975년 프랑스에서 발송된 소포를 입수했다. 그 안에는 당시 나보코프가 집필중이던 '오리지널 오브 로라'의 카드 576장을 찍은 사진이 들어 있었다. 나는 당시 스위스의 몽트뢰 호텔에서 나보코프 부부의 방을 담당하던 청소부 아가씨를 알게 되어, 그녀에게 부탁해 카드를 사진으로 찍어오도록 했다. 그 사진은 프랑스에 있는 친구 집을 거쳐 미국으로 오기로 되어 있었다. 하지만 그 소포를 받은 후 친구는 행방불명이 되었고 얼마 후 나보코프가 사망했다. 이미 단념하고 있었는데, 19년이 지난 어제 그 사진이 손에 들어왔다. 원고의 처음 세 장 분량이 찍혀 있었다. 나는 이 사진을 캐나다 학회지에 주석과 함께 게재할 예정인데, 흥미가 있는 분들은 저에게 직접 메일로 연락해주시기를……"

포함되어 있었다. 그는 나보코프가 마지막으로 입원해 있던 병실의 간호사가 나보코프의 낭독을 받아쓴 초고와 기념으로 가져온 인덱스카드 두 장을 입수했다며 그 경위를 밝혔고, 그 카드 사이에는 '로라'라고 적힌 젊은 여성을 그린 유화 사진 한 장도 끼어 있었다고 발표했다. 그 논문은 '배후사정' '목격자' '유화' '출전' 등의 표제가 붙은 섹션들로 구성됐고, 간호사가 받아썼다는 『오리지널 오브 로라』 초고 속기록에서 발췌한 네 부분의 인용과 주석이 부록으로 덧붙여져 있었다. '유화' 섹션에는 기모노풍의 가운을 입고 바이올린을 안은 젊은 여성이 맨다리를 드러낸 채 의자에 걸터앉아 있는 그림과 함께 그림에 대한 분석까지 실려 있었다. '출전' 섹션에는 두 장의 인덱스카드 사진이 첨부되어 있었다. 물론 이것들은 처음부터 끝까지 모두 에드먼즈의 자작극으로, '데조멜리에'라는 이름도 가명이었다. 문제는 이 위조가 거짓말이나 농담으로 치부하기엔 너무나 그럴듯했다는 것이다. 그가 사진으로 실은 『오리지널 오브 로라』 초고 인덱스카드는 나보코프의 원본 카드와 거의 구분하기 어려울 정도로 그 형식이나 글씨체가 흡사했고, 문제의 '로라의 초상화'*도 실제 나보코프 소설에서 여주인공의 초상화를 그리는 화가가 등장한다는 점을 고려하면 상당히 그럴듯한 삽화였다. 또한 인용된 초고의 문체도 나보코프의 후기 문체와 매우 흡사해 위화감이 거의 느껴지지 않을 정도였다.

사실 에드먼즈는 같은 해에 열린 코넬 대학 학회에서 드미트리

* 화가이기도 한 에드먼즈가 직접 그린 그림이었다.

가 낭독한 『오리지널 오브 로라』의 일부에서 힌트를 얻어 위작 원고를 작성하고, 대표적인 나보코프 연구가 브라이언 보이드의 전기*와 나보코프의 편지에 언급된 『오리지널 오브 로라』 집필 당시의 정황들을 참고해 초고와 카드를 입수한 경위를 그럴듯하게 꾸민 것이었다.

하지만 너무도 그럴듯했던 탓에 사태는 에드먼즈도 미처 생각지 못한 파문을 몰고 왔다. 거짓말이나 우롱에 대한 비난이 아닌 저작권 위반에 대한 나보코프 연구가들과 애호가들의 비난 메일이 쇄도했을 뿐 아니라, 드미트리의 연락을 받은 보이드가 격앙된 어조로, 미발표 작품을 허가 없이 게재한 것에 대해 나보코프 재단 차원에서 소송을 고려할 수도 있음을 알려왔다. 그러자 곧 에드먼즈는 문제의 논문을 젬블라 사이트에서 삭제하고, 모든 것이 자신의 위작이었음을 밝혔다. 에드먼즈가 전한 후일담에 따르면, 이후 드미트리가 직접 전화를 걸어 초고에서 발췌된 내용이라고 꾸며낸 부분을 정말 에드먼즈가 쓴 것인지를 확인하고는 그의 솜씨를 절찬하며, 드미트리 자신은 그 위작이 진짜 원본이라고 믿어서 데조멜리에라는 인물과 그 간호사를 수소문하려 했다고 말했다고 한다. 그후 '데조멜리에의 논문'은 위조 사건의 전말과 후일담을 밝히는 에드먼즈의 글과 함께 〈맥스위니스〉 8호(2002)에 다시 실렸고, 프랑스어로도 번역되어 『로라 사건』이라는 단행본으로 출판되기도 했다.

명망 있는 나보코프 전문가들은 물론 실제 원고의 소유자인 드미

* Brian Boyd, *Vladimir Nabokov: The American Years* (Princeton University Press, 1993).

트리까지 보기 좋게 속아 넘어갔던 이 사건에 대한 패러디였는지, 이 사건이 일어난 다음해인 1999년 국제 나보코프 학회지인 〈더 나보코비언〉은 나보코프 탄생 100주년 기념행사로 '나보코프 위작 경연'을 열었다. 심사위원회는 '나보코프의 미발표 원고를 가장 진짜 같이 재현한 작품'이라는 조건에 맞는 응모작 세 편을 선정해, 이 세 편을 실제 『오리지널 오브 로라』 원고에서 발췌한 다른 두 부분과 함께 〈더 나보코비언〉 42호(1999년 봄호)에 싣고, 독자들에게 (위작이 아닌) 나보코프 본인이 썼을 것 같은 작품을 골라보도록 했다. 그때 실제 원고에서 발췌되어 실린 두 부분은 제1장의 9~11 카드 부분과 제2장의 13~15 카드 부분이었다. 경연 결과는 다음 호인 1999년 가을호에 발표됐다. 놀랍게도 실제 『로라』에서 발췌된 두 부분을 선택한 응답자는 한 명도 없었다. 거의 모든 응답자가 선택한 답은 나보코프 연구자인 찰스 니콜이 꾸며낸 「『프닌*Pnin*』의 알려지지 않은 한 구절」이었다.

'드미트리 딜레마'

나보코프의 미완성 유작 『오리지널 오브 로라』의 존재와 드미트리가 처한 상황이 일반 대중과 언론의 관심을 끌기 시작한 건 나보코프 탄생 100주년 기념행사와 유력 언론의 기획기사가 이어진 1999년부터였다. 드미트리는 1999년 4월 19일 대표적인 문화 웹진 '살롱닷컴'과의 인터뷰에서 한정된 연구자들만 볼 수 있도록 『오리지널 오브 로라』의 인덱스카드를 도서관에 보관할 생각도 있다고 입장을 밝혔다가, 얼마 후 러시아 언론과의 인터뷰에서는 출판을 구체적으로 검토중이라고 입장을 바꾸는 등 오락가락하는 모습을 보였다. "아버지의 유언을 따를 것인가, 배반할 것인가" 사이에서 결정을 내리지 못하고 고뇌하는 드미트리의 입장이 햄릿의 딜레마에 비유되면서 '드미트리 딜레마'라 불리기 시작했다. 특히 드미트리가 2005년에는 "성냥을 켤 날이 머지않았다"면서 원고를 불태우겠다고 돌연 선언했다가, 2008년 "아버지의 환영이 나타나 그런 골칫거리는 집어치워버리고, 그 돈으로 인생을 즐기라고 하셨다"며 결정을 번복하고, 출판을 추진하는 과정이 언론에 생중계되다시피 하며 구설수에 올라 일종의 스캔들로 비화되었다.

'드미트리 딜레마'에 대한 대중의 호기심을 부추기며 상황 자체를 극적으로 몰아간 것은 스캔들을 확대, 재생산하는 언론의 선정성과 그에 대한 드미트리의 애매한 대응이었다. 이 스캔들의 포문을 연 것은 2005년 11월 〈뉴욕 옵서버〉에 실린 언론인 론 로젠바움의 「드미트리 나보코프 씨! 로라를 태우지 마세요! 그냥 먼지 먹게 놔두세요」라는 제목의 기사였다. 이후 드미트리가 러시아 언론과의 인터뷰를 통해 계속 결정을 유보하는 모습을 보이자, 로젠바움은 2008년 1월에 「태우든 출판하든 빨리 결정하세요! 더는 우리를 약올리지 말고!」라는 제목의 기사를 다시 싣는다. 결국, 드미트리는 2008년 4월 2일 러시아 〈즈베즈다〉와의 인터뷰에서 결심이 섰다고 말하고, 4월 22일 〈가디언〉에 출판 결정을 정식으로 발표한다. 또 드미트리는 "사실 한 번도 태우는 일을 진지하게 생각해본 적이 없다"고 인터뷰*에서 밝히기도 한다. 사실 그럴 법한 것이, 만약 그가 진짜로 처분할 마음이 있었다면, 그렇게 언론에 공공연히 『로라』를 화제에 올릴 필요가 없었기 때문이다.

출판이 결정되자 아버지를 '배반'한 드미트리에게 비난이 쏟아졌다. 한 사람의 사적인 유언을 공적 이익이라는 차원에서 처리해도 되는가, 나보코프 같은 완벽주의 작가가 과연 미완성 상태인 원고를 출판하는 일을 용납했을 것인가 하는 등의 논쟁이 일었고, 『로라』의 완성도와 문학적 가치에 의문을 제기하는 이들도 있었다. 드미트리와 나보코프 재단이 금전적 이득을 노리고 문학애호가들과 호사가들의 관심을 끌기 위해 스캔들을 일부러 조장했다는 비판도 일었다. 특히 나보코프 애호가들을 일희일비하게 한 '드미트리 딜레마' 자체가 사실 분서焚書보다는 출판 쪽으로 여론을 호도하기 위한 술책이 아니냐는 추측도 나왔다. 의도적이든 아니든 드미트리가 오락가락하며 모호한 태도를 보인 행동 자체가 아버지의 유언을 배반하는 데 필요한 알리바이를 마련하고, 그가 언제라도 갑자기 원고를 불살라버릴 수도 있다는 긴장을 유발해 문학애호가들로 하여금 출판을 촉구하도록 자극했다는 것이다.

또한, 책이 출판된 지 약 3주 후인 2009년 12월 4일 나보코프의 인덱스카드 원본이 크리스티 경매에 붙여지면서(40만에서 60만 달러의 체결 희망 가격이 제시되었지만, 20만 달러로 시작된 경매가

---

* Nabokov Online Journal에서 진행한 수엘렌 스트링거-혜와의 인터뷰로 〈Nabokov Online Journal Vol. Ⅱ〉(2008)에 처음 실렸으며, *The Goalkeeper—The Nabokov Almanac*, ed. by Yuri Leving(Boston; Academic Studies Press, 2010)에도 다시 실렸다.

가 28만 달러에 그쳐 경매가 무산되고 경매품이 회수되었다)* 드미트리 나보코프의 상업적 의도에 대한 의혹과 함께 출판의 당위성에 대한 논란이 다시 불거졌고, 작품 해석 및 문학적 가치를 둘러싼 작가** 및 문학비평가들의 입장 표명이 이어지면서 논란은 좀처럼 가라앉지 않았다.

'조각을 너무 많이 잃어버린 퍼즐'

창작자의 생명이 작품 완성 이전에 종결된 경우, 그 작품의 생명도 함께 종결되는 것일까? 창작물에는 창작자의 운명에 완전히 포섭되지 않는 자신만의 운명이 있지 않을까. 창작자 자신은 미완성인 작품이 세상에 존재하기를 원하지 않았지만, 그런 창조자의 의지와 기획에서 벗어나 무한한 시간 속에서 새롭고 풍부한 의미를 얻었던 수많은 고전을 우리는 알고 있지 않은가.

『오리지널 오브 로라』는 그러한 고전이 될 수 있을까, 아니면 위대한 거장의 작업실을 볼 수 있는 흔치 않은 기회이자 애호가들과 연구

---

* 결국 이 원고는 2010년 11월 영국 크리스티 경매에서 약 12만 4천 달러(경매수수료 포함)에 팔렸다.

** 이 작품의 출판과 문학적 가치에 긍정적 입장을 취한 대표적인 작가로는 소설가 존 밴빌("위대한 작가는 언제나 읽을 만한 가치가 있다. 그의 최악의 작품이라도")과 데이비드 로지 등이 있고, 부정적인 입장을 강력히 표명한 작가로는 극작가 톰 스토파드("모든 존중 중에서도 우리가 반드시 존중해야 할 것이 있다면 나보코프가 '그 원고를 태우라'고 말했다는 사실이다. 나머지는 나보코프 사업의 일환으로 자의적으로 한 추측에 불과하다. 우리는 고인의 말을 들어야 한다")와 마틴 에이미스 등이 있다.

자들의 수집과 탐구 대상으로 남고 말 것인가. "위대한 작가의 작품은 정말 언제나, 설사 그것이 최악의 작품이라고 해도 읽을 만한 가치가 있는 것"일까. 거장의 마지막 터치가 가해지지 않은 불완전한 작품이 수집가나 애호가가 아닌 일반인에게 어떤 의미를 줄 수 있을까. 이런 의문들에 어떤 판단을 내리기 전에, 우리는 우선 나보코프가 이 작품을 통해 기획했던 바가 어느 정도의 완성도로 현 작품에 반영되었는지를 살필 필요가 있다.

나보코프는 1974년 5월 15일자 일기에 다음과 같은 기록을 남겼다. "영감. 눈이 부실 정도의 불면증, 좋아하는 알프스 경사면의 향기와 눈. '나'도 '그'도 없이 서술자만이, 즉 미끄러지듯 나아가는 눈目이 계속 암시되는 소설." 『오리지널 오브 로라』에 대한 첫 착상이다. 같은 해 12월의 일기에 나보코프가 밝힌 그 작품의 가제는 '죽는 건 재밌어Dying Is Fun'*였다. 그로부터 얼마 후인 1975년 7월 나보코프는 드미트리가 머리말에서 언급한 사고를 당한다. 이후 입·퇴원을 거듭하다 상태가 조금 호전되어 집으로 돌아온 1975년 12월 초 일기에 "나는 나의 새 소설의 심연 속으로 다시 돌아간다"고 쓰고는 다시 집필을 시작해, 하루에 적어도 세 장의 카드를 완성하며 소설 집필에 매진한다. 그는 다음해 여름까지는 마칠 계획으로, 건강이 좋지 않은 와중에도 다음해 1월 말까지 집필을 계속했다. 2월 중 그의 일기에는 "1975년 12월 10일부터 50일간 새 소설의 54개 남짓한 카드를 완성함. 소설의 각기 다른 부분을 네 개의 묶음으로 진행

* 드미트리는 출판하면서 이 제목을 『오리지널 오브 로라』의 부제로 썼다.

하고, 노트와 초고도 따로 있음"이라는 기록이 남아 있다. 2월 중순에는 소설의 최종적인 제목('오리지널 오브 로라')을 정하고, 에이전시에 "새 소설과 놀라운 시간을 보내고 있다"고 보고하는 편지를 보낸다. 그후 4월 초 일기에는 "하루에 약 대여섯 카드씩 진전, 하지만 많이 수정해야 함"이라고 적고 며칠 후에 "최종 형식으로 옮겨 씀. 50카드=5000단어"라고 적기도 했다. 4월 20일에는 베라 여사가 "분량이 100장을 넘었으며, 남편은 소설의 반 정도를 완성했다고 생각한다"는 내용의 편지를 출판사에 보낸다. 또 7월에는 지방지 〈오마하 월드 해럴드〉에 "나보코프가 약자로 'TOOL'이라는 제목의 새 소설을 절반 정도 집필했다"는 내용의 기사가 나오기도 했다. 이것들을 볼 때 소설 출간에 대해 상당히 구체적인 계획이 있었던 것 같다. 하지만 이후 나보코프는 건강이 급격히 나빠져 결국 그 계획을 실현하지 못하고 유명을 달리한다.

이처럼 나보코프가 이 작품의 작업 계획 및 진행 사항에 대해 남긴 기록을 보면, 그의 말대로 이미 '머릿속에서 완성된' 소설을 체계적으로 집필해갔음을 짐작할 수 있다. 또한 현재 우리가 볼 수 있는 소설 분량은 전체 분량의 반 정도로, '소설의 각기 다른 부분이 네 묶음으로' 나뉘어 있는 상태라는 추정도 가능하다. 이러한 추정들은 어디까지나 작품 외적인 참고사항으로, 이를 통해 우리는 이 작품이 즉흥적인 착상이나 임의의 습작이 아니라, 어떤 총체적인 그림이나 구도를 바탕으로 축조되고 있던, 체계를 갖춘 미완의 건축물이라는 사실을 전제할 수 있을 뿐이다. 그러나 이 전제는, 조각을 너무 많이 잃어버리긴 했지만 하나의 그림에서 떨어져나온 게 분명한 퍼즐을 맞춰가다보면, 작은 결구들을 통해 그 결구들로 이루어진 전체 건축물의 구조 원리를 파악할 수 있듯이, 어느 순간 전체 그림을 볼 수 있으리라는 희망으로 이어진다. 물론 『로라』는 불완전한 미완성 상태의 퍼즐이기 때문에, 어떻게 조합해보아도 완성된 그림이 눈앞에 나타나는 순간은 영원히 허락되지 않을 것이다. 하지만 이 어쩔 수 없는 한계가 이 작품을 읽는 즐거움을 완전히 앗아가진 않는다.

퍼즐 맞추기의 목표는 모든 조각을 맞춰 하나의 명료한 그림을 완성하는 것이지만, 그 유희의 진정한 쾌락은 퍼즐 조각을 맞춰가는 과정 자체에 있지 않을까. 이 조각은 대체 어디에 속한 것일까, 이 조각과 저 조각이 과연 맞을까 고민하다가 예상치 못했던 조각의 결합으로 어떤 세부의 윤곽이 드러나 상당수의 나머지 조각들이 저절로 맞춰지는 순간, 가령 하늘 부분인 줄로만 알았던 어떤 조각이 소녀의 푸른 눈동자 조각이었음을 알게 되는 순간에 느끼는 쾌감. 나보코프는 퍼즐 놀이의 이런 쾌락을 소설 『루진의 방어』에서 다음과 같이 묘사한 바 있다.

그 퍼즐은 교묘하게 만들어져, 단순한 원반(나중에 이것은 푸른 하늘 부분으로 드러났다)에서부터 가장 복잡한 형태에 이르기까지 모양이 다 달랐고, 모서리며 돌출부, 가운데 잘록한 부분, 교활한 돌기 부분 등이 모두 달라서 어디에 딱 들어맞는지 가늠하기가 여간 어렵지 않았다. 이미 거의 완성된 젖소의 얼룩무늬 가죽을 채울 조각이 이게 맞는지, 초록빛 배경의 가장자리 이쪽에 보이는 검은 부분은, 좀

더 노골적으로 형태가 드러난 조각에 그려진 귀와 머리 일부가 분명히 보이는 양치기의 지팡이가 드리운 그림자 부분인 건지. 그러나 일단 젖소의 엉덩이가 점차 왼쪽에 나타나자 오른쪽에는 잎 수풀을 배경으로 파이프를 든 양치기의 손 하나가 나타났으며, 위쪽의 허공이 맑디맑은 하늘의 푸른색으로 둘러싸이자 아까 그 푸른색의 원반 조각이 그 하늘에 순조롭게 딱 들어맞았다. 루진은 마지막 순간에 가서 하나의 명료한 그림이 만들어지는 가지각색 그림 조각들의 절묘한 결합에 경이에 가까운 전율을 느꼈다. (중략) 루진은 그림의 정체가 앞으로 어떻게 드러날지 거의 예측할 수 없었기 때문에, 몇 시간이고 응접실의 카드놀이용 탁자 위에 몸을 구부린 채, 섣불리 결정을 내려 이렇게 저렇게 맞추기 전에 하나하나의 예상 그림을 눈으로 빈틈없이 재보곤 했다.

나보코프의 인덱스카드

이 작품을 퍼즐에 비유한다면, 나보코프가 남기고 간 인덱스카드 원고는 그 퍼즐을 이루는 조각일 것이다. 작품 초고를 쓸 때 인덱스카드를 애용하는 것은 나보코프만의 독특한 집필 방식이었다. 집필한 카드가 일단 어느 정도 모이면, 고무 밴드로 묶어 그 뭉치를 손안에서 굴리거나 카드 게임처럼 섞거나 하면서 늘 가지고 다녔다고 한다. 이렇듯 나보코프에게 집필중인 자신의 '작품'은 단순히 문자의 나열이 아니라, 손으로 만질 수 있는 육감적인 물체에 가까웠다.

일단 카드에서 초고가 완성되면, 카드의 배열을 바꾸거나 파기하거나 수정하는 단계를 거친 다음 비서나 베라 여사에게 타이핑을 부탁했고, 그렇게 원고가 점차 책의 형태를 띠게 되면, 초고였던 인덱스카드는 집 뒤뜰에 있는 소각장에서 나보코프가 손수 태웠던 것으로 전해진다. 나보코프의 이런 독특한 집필 방식은 그의 소설 『창백한 불꽃』 속에서 구체적으로 묘사된 바 있다.

2009년 펭귄 사와 크노프 사에서 동시 출간된 『오리지널 오브 로라』를 통해 우리는 그 유명한 인덱스카드의 모습을 자세히 볼 기회를 얻게 됐다. 드미트리는 나보코프가 남긴 마지막 원고인 『로라』를 출판하면서 그 초고가 적힌 인덱스카드의 각 장을 스캔해 페이지 상단부에 싣고, 그 밑에 카드 내용을 인쇄체로 옮겨놓는 구성 방식을 택했다. 또 인덱스카드 둘레에는 홈을 파 카드만 떼어낼 수 있도록 했다. 원한다면 인덱스카드를 떼어내 '나보코프가 그랬듯이' 카드를 다시 배열하고 섞어볼 수도 있는 것이다(이를 위해 실제 인덱스카드에 가까운 두꺼운 종이를 썼다). 그러나 나보코프는 거의 대부분의 카드에 이미 순서를 매겨놓았고, 또 문장이 한 카드에서 끝나지 않고 다음 카드로 이어지는 경우도 많아, 실제 실행을 위한 기획이라고는 보기 어렵다. 대신 독자는 몹시 사적이고 포착하기 어려웠던 거장의 창작 현장을 엿보는 즐거움을 맛보는 기회를 만끽할 수 있다. 카드에 묻은 얼룩들과 지문들, 완벽주의자로 유명한 이 섬세한 문장가의 불완전한 문장들, 삭제 표시들, 오자들, 두번째 대안들과 망설임의 흔적들, 그리고 점점 힘이 빠져가는 병든 작가의 아직 온기가 남아 있는 듯한 글씨체, 적나라하게 드러나는 예술의 그 창작 메커니즘을 더듬는 쾌락이란.

카드의 전체적인 구성을 먼저 살펴보면, 총 138장의 카드 중 앞에서부터 63번째 카드까지는 제1장부터 제5장까지 이어지는 일련의 이야기로 읽을 수 있다. 64번째 카드부터는 어조가 일변해, 단편적이기는 하지만 또다른 플롯이 87번째 카드까지 이어진다(63번째 카드와 64번째 카드 사이에 원래 몇 장의 카드가 더 추가될 예정이었는지는 물론 알 수 없다). 그다음 88번째 카드와 89번째 카드는 '의학적 막간극'이라는 소제목이 붙어 있듯이 이야기 중간에 삽입된 카드다. 그리고 90번째 카드부터 마지막 138번째 카드까지는 맥락이 확실한 시퀀스 몇 개를 제외하면 어디에 삽입해야 하는지 애매한 단편斷編에 지나지 않는 일화나 문장들, 그리고 나보코프가 자료조사차 메모한 것들이 포함되어 있다.

112번째 카드에서 114번째 카드까지 세 장의 카드는 '최종 §'이라는 표제가 붙은 카드들로, 그중 마지막 114번째 카드 맨 아래에 짧고 굵은 횡단선이 그어져 있어, 이것이 나보코프가 예정해두었던 소설의 결말이 아닌가 하는 상상을 하게 한다(카드 번호도 'Z'로 매겨져 있다). 그렇게 보면, 『오리지널 오브 로라』의 서두 부분과 한가운데 부분, 그리고 결말 부분으로 추정되는 카드가 모두 확보된 셈이다. 물론 분량상 봤을 때는 애초에 약 300장 정도의 카드가 소요되는 짧은 중편소설 정도로 계획되었을 것으로 추정되는데, 그렇다면 현재 완성된 것은 그중 절반 정도밖에 되지 않는다. 문장의 완성도도 그 정도 수준으로, 철자 실수도 많고 문맥이 이상한 문장도 가끔 보여, 아직 초고 단계에 지나지 않은 것임은 분명한 듯하다.

그러나 나보코프는 새로운 작품 집필을 시작하기 전에 그 소설의 전체상을 머릿속에서 미리 정하는 유형의 작가다. 일단 영감을 받아 쓰기 시작해 자기도 모르게 이야기의 흐름이 흘러가는 대로 전체 주제나 구성이 바뀌는 유형의 작가가 아닌 것이다. 전자의 작가는 전체상을 한정하는 결말 부분을 초고 단계에서 먼저 쓰고, 거기서부터 거슬러올라가 나머지를 역산하여 쓰는 작법을 취하는 경우가 많다. 이때 결말은 물론 마지막 완성 단계에서 달라질 수 있지만, 전체적인 상은 크게 바뀌지 않는다. 나보코프같이 주도면밀하게 전체 구성이나 줄거리 윤곽을 미리 설정하고 초고 집필에 착수하는 완벽주의 작가는 미완성 초고 단계라 해도 이미 작품의 전체상을 파악할 수 있는 경우가 많다. 부분별로 따로 집필할 수 있는 인덱스카드를 초고 집필에 사용한 것도 이런 창작 방식과 연관이 있다고 볼 수 있다. 작품의 서두와 결말이 현재 원고 상태에서 이미 마련되어 있다는 사실은 나보코프가 처음부터 『오리지널 오브 로라』의 전체상을 보고 있었다는 가정을 뒷받침한다. 그렇다면 과연 우리는 나보코프가 기획한 전체상을 얼마나 정확하게 포착해낼 수 있을까.

『오리지널 오브 로라』를 읽다보면 마치 나무가 웃자란 미로 정원을 헤매는 듯할 때도 있지만, 중간 중간에 이정표가 될 만한 정자를 만나 전체를 조망할 수 있는 힌트를 얻거나 출구로 이어진 길을 찾은 것 같은 발견을 할 때도 있다. 그러한 발견의 순간이 바로 나보코프 작품을 읽는 쾌락의 중추라 할 수 있는바, 나보코프가 마지막으로 남기고 간 이 미로 게임은 그의 작품 중 가장 난도가 높지만 쾌락도 그만큼 큰 게임이라 하겠다. 이제부터 제시할 몇 가지 독해는, 지금까지 연구가들이 찾아낸 비교적 눈에 잘 띄는 이정표와 수상한 길목들을 독자들과 공유하고 이를 바탕으로 나보코프가 이 소설을 통해 구축하고자 했던 전체상을 일종의 가설로 제시해 보는 것에 불과하다. 『로라』 속에 여전히 산재한 다른 이정표들과 샛길을 발견하여 전혀 새로운 전체상을 그려보는 건 오롯이 독자의 몫일 것이다.* 사전정보 없이 미지의 미로를 헤매는 기쁨을 온전히 누리고 싶은 독자는 우선 작품을 일독한 후 이후 이어질 작품 해설을 읽기를 권한다.

'보이지 않는 화자'

'난데없이 이야기 도중에 시작하기(in medias res)' 수법으로 시작하는 『오리지널 오브 로라』는 첫 문장부터 기묘하다. 독자는 첫 문장을 읽는 순간 자기도 모르게 어떤 대화(어느 파티중의 대화임

* 사실 이 작품의 제목('The Original of Laura')부터 여러 가지로 해석할 수 있다. 작품이 미완성인 현 상황에서는 '오리지널'이 구체적으로 무엇을 의미하는지 모호한 면이 있기 때문이다. 제목을 원제 그대로인 '오리지널 오브 로라'로 결정한 것 역시, 이를 특정 의미로 한정하기보다는 원본의 함축성을 살리고 새롭게 해석할 여지를 남겨두기 위해서다. 다만 역자로서는 다소 뜻이 한정되더라도 우리말 제목을 제시하고픈 마음에 끝까지 고민이 컸다. '오리지널'이 뜻하는 바를 하나로 단정할 수는 없다 해도 '원형'이나 '원본' 등의 단어로 그 다양한 뜻을 어느 정도는 아우를 수 있다고 본 것도 있다. 실제로 러시아판의 제목은 '로라와 그 기원'으로 원제를 살짝 변형했는데, 의미가 그리 동떨어져 보이지는 않는다. 다만 '원형' 등의 단어가 독자에게 선입견을 줄 수 있다는 점에는 역자도 어느 정도 공감하는바, 최종적으로는 원제를 그대로 독자에게 제시하자는 의견을 받아들였음을 밝혀둔다.

을 곧 알게 된다)의 한복판에 이미 들어가 있게 된다. 인용부호가 없어 간접화법처럼 보이지만, 마치 직접화법처럼 '그녀는 대답했다'는 구문이 문두도 문미도 아닌 문장 중간에 삽입되어 발화 부분을 간접화법과 직접화법 두 부분으로 나눈다. 발화자(그녀, 즉 이 소설의 여주인공인 플로라)의 어조(목소리)와 소설 화자의 어조(목소리)가 한 문장 안에 섞여 기묘한 울림을 내는 첫 문장인 것이다. 그뿐만 아니라 그녀가 '남편도 작가'라고 말했다는 것은, 아마도 플로라의 대화 상대자이자 이 대화가 포함된 서사의 담화자, 즉 화자가 먼저 플로라에게 '나는 작가입니다'라는 말을 했을 거라고 추측하게 한다.* 이를 뒷받침할 수 있는 단서는 여덟번째 카드에 나온다. 화자는 플로라의 나신裸身을 묘사하면서 그 아름다움이 어떤 소설 속으로 들어가 그 소설을 지탱하는 골조가 되었다고 표현하는데, 이 시점에서는 아직 '그 소설'이 무엇을 의미하는지 드러나진 않지만, 아마도 『오리지널 오브 로라』 속에 파묻힌 '허구 속의 허구', 즉 제4장과 제5장에서 계속 언급되는 소설 『나의 로라』로 추정된다. 본문의 표현을 따르자면 "열쇠를 영원히 잃어버린 열쇠소설"인 이 소설은 로라의 모델이 된 여성, 즉 플로라와의 정사의 전말을 묘사하는 일인칭 소설로, 이 소설을 쓴 작가와 플로라의 정사가 끝났을 때 집필이 시작되어 1년 후에 완성되고 3개월 후에 출판되었

---

* 사실 이 문장은 '남편은 작가이기도 하다'로도 번역될 수 있다. 이렇게 해석하면 이 발화 내용에서 청자의 존재는 전혀 의식되지 않는다. 역자는 고민 끝에 첫 문장에서부터 대화 상대자이자 화자의 존재를 의식하도록 하는 게 나보코프의 의도에 더 가깝다고 판단해 '남편도 작가'라고 번역했다. 번역으로는 나보코프 특유의 이런 애매함·이중의미성을 다 담아낼 수 없다는 점이 나보코프 작품 번역의 맹점이자 숙명이 아닌가 싶다.

다는 정황이 나중에 밝혀진다.

이후 이어지는 문맥으로 판단컨대, 플로라가 파티에서 대화하고 있는 상대는 명백히 육체적으로 실재하지만, 자신에 대한 언급을 피하며 플로라와의 대화에서 자신의 대사를 신중히 소거하는 화자 자신이다. 제1장의 화자, 즉 플로라의 대화 상대와 동일인일 것으로 추정되는 소설의 화자는 자신의 존재를 의도적으로 소거하며 마치 3인칭처럼 이야기를 이끌어간다. 사실은 일인칭 묘사인데 화자가 자신을 지칭하지 않은 채 마치 3인칭으로 서술하는 것처럼 위장한다고나 할까(제1장에서 일인칭 대명사 '나'는 딱 한 번 나온다). 오히려 이런 의도적인 부재가 독자로 하여금 그 존재를 계속 의식하게 하면서, 이 '보이지 않는 화자'는 자신을 감추는 동시에 미묘한 모습으로 드러난다. 과연 플로라는 누구에게 말하고 있는 것인가, 누가 그들의 대화와 장면을 묘사하고 있는 것인가, 독자는 계속 의문을 가질 수밖에 없다. 이야기의 전개와 함께 이 서사의 담화자, 즉 화자의 정체를 밝혀내는 것이 독자의 첫 관심사 중 하나가 된다. 앞서 언급한, 나보코프가 1974년 5월 15일자 일기에 남긴 이 소설에 대한 최초의 착상 중에 "'나'도 '그'도 없이 서술자만이, 즉 미끄러지듯 나아가는 눈이 계속 암시되는 소설"이라고 쓴 대목을 떠올려보면, 일인칭 소설도 3인칭 소설도 아닌, 화자가 '미끄러지듯 나아가는 눈'으로 작동하는 소설이 나보코프가 처음부터 의도한 바였음을 짐작할 수 있다.

이 화자의 정체가 조금씩 드러나기 시작하는 건 아홉번째 카드에서 열번째 카드로 넘어가는 대목부터다. 플로라와 성교를 하는 중에 흥분

한 화자는 “내 사랑”이라는 말을 한 번은 영어로, 한 번은 러시아어로 두 번 연속해서 말하는데, 이 말을 듣고 놀란 듯 감았던 눈을 뜨는 플로라에 대해 “그녀가 러시아인을 그렇게 자주 만나온 것은 아님을 참작해야 한다”고 부연하는 대목이다. 그렇다면 플로라가 파티에서 만나 성교까지 하게 된 ‘보이지 않는 화자’는 ‘러시아계 이민 작가’라고 추측해볼 수 있다.

와일드의 자살 실험

제1장부터 제5장까지는 비교적 일관된 어조로 같은 화자가 이야기를 진행하는 완결된 한 이야기라는 인상을 주지만, 편집자인 드미트리 나보코프가 제6장과 제7장으로 나중에 구분해 배열한 카드들은 단편적인 일화들로 이루어져 연결성이 상대적으로 떨어진다. 이 부분은 일인칭으로 기술된 필립 와일드 박사의 원고 부분, 그리고 명백히 본문 외적인 자료라고 생각되는 카드들이 혼란스럽게 섞여 있다. 그러나 와일드의 실험 자체는 꽤 분명하고 자세하게 그 전모를 파악할 수 있으며, 플로라의 나이든 남편인 와일드가 전하는 플로라와의 결혼생활 일화는 소설 전반부(제1장부터 제5장까지)와 연결되는 대목이 종종 눈에 띈다.

와일드의 실험은 자기 의지력에 의한 자살, 즉 정신을 통해 육체의 생명을 끊는 자기 말살의 사고실험으로, 머릿속에 칠판을 그리고 거기에 ‘나’를 표시하는 종선(I)을 한 개 그려넣은 다음 그것을 밑에서부터 (머릿속에서) 지워나가면, 육체도 따라서 죽을 거라는 다소 황당무계한 가설에서 출발한다. 이 실험을 통해 그가 얻고자 하는 것은 고통 없는 죽음으로, 인간이 자신의 의지력으로 통제할 수 있는, 고통 없이 쾌감을 느끼며 죽는 방법을 찾는 것이다. 고통을 쾌감으로 변화시키는 모르핀과 비슷한 효과를 내는 신경물질인 '엔케팔린'에 대한 1975년 12월 18일자 〈타임스〉의 과학기사가 64번째 카드에 언급된 것은 바로 이런 맥락에서다.

나보코프 만년의 작품 『투명한 대상들』에도 소설가 R씨가 사망하기 직전에 '기존 종교의 테두리에 들어가지 않는, 죽음에 이를 때 마음의 평안을 획득하는 방법'을 구상하는 장면이 나온다. 불교와 브라만교의 열반과 해탈 교리에 대한 옥스퍼드영어대사전의 정의를 기록해놓은 카드가 있는 걸로 봐서, 나보코프는 소설가 R씨의 구상을 와일드의 실험으로 구체화하고자 했던 것 같다. 그의 실험이 성공한다면, 그의 저작은 '새로운 성서'가 되고 와일드는 '신종교의 창시자'가 될지도 모를, 인간의 생사 개념 자체를 뒤집을 엄청난 실험이다. 물론 와일드의 실험은 결국 실패해 그는 심장마비로 죽고 원고는 미완으로 남게 되지만, 나보코프가 이 소설을 집필하던 초반에 붙였던 제목 '죽는 건 재밌어'는 바로 와일드의 이 기묘한 사고실험을 의식한 제목으로 보인다.

'나'를 소거하는 두 가지 실험

플로라의 이야기가 '보이지 않는 화자'에 의해 묘사되는 제1장부터 제5장까지와 플로라의 남편인 신경학자 필립 와일드 박사의 사고실험이 일인칭으로 기록된 제6장과 제7장은 주제나 분위기, 문체 면에서 모두 상반되는데, 이 두 부분의 플롯이 어떤 상호관계로 엮이는가가 소설 전체 구성상의 최대 관건일 것이다. 지금으로서는 와일드의 실험기록과 일기 부분이 일종의 카덴차, 즉 전체 형식 속에 완전히 편입되지 않은 독주처럼 자리해, 나보코프가 기획했을 구성상의 묘를 완벽히 포착할 수는 없지만, 몇 가지 힌트는 충분히 꼽아볼 수 있다.

사실 어떻게 보면 이 소설의 첫 문장부터 두 플롯은 엮여 있었다고 할 수 있다. '남편도 작가다. 적어도 어떤 의미에서는'이라는 취지의 말을 플로라가 화자에게 했다는 사실에서 우리는 이미 플로라의 대화 상대이자 화자가 작가일 것이라고 추측했었다. 그렇다면, 『오리지널 오브 로라』는 두 '작가'의 대조적인 두 서사, 즉 베스트셀러 소설 『나의 로라』의 작가로 추정되는 화자의 서사와 사고실험을 진행하는 와일드의 서사가 전체 소설을 두 축으로 지탱하고 있는 구조라 할 수 있다. 그리고 이 대조적인 두 축은 여주인공 플로라의 서사를 매개로 서로 연결된다.

또 어떻게 보면, 제1장부터 제5장까지는 텍스트에서 일인칭 화자 '나'를 소거하는 서사학적 실험이, 제6장부터 제7장까지는 육체로서의 '나'를 소거하는 철학적이고 정신병리학적인 실험이 진행된다고 할 수 있다. 전자의 실험은 '나'가 모습을 드러내는 장면이 한 곳 있기 때문에 완전히 성공했다고는 볼 수 없다. 후자의 실험은 와일드가 심장발작으로 죽어버리면서 실패로 끝났다. 이렇게 보면 『오리지널 오브 로라』는 다른 많은 나보코프 소설과 마찬가지로 영웅이나 신이 될 수 없는 인간의 지극히 인간적인 '실패'를 그리는 소설이라 할 수 있다.

'최종 장 바로 앞 장'이라는 표제가 붙은 카드에는 와일드가 심장발작으로 사망한 후에 그의 원고가 어떤 운명을 맞았는지가 묘사된다. 그는 타이피스트에게 원고를 타이핑해달라고 의뢰했지만, 그녀는 곧바로 착수하지 않고 원고를 방치해두었다. 그 원고를 중간에서 가로챈 이는 타이피스트에게 자신의 원고를 먼저 타이핑해달라고 한 '다른 친구'로, 필립 와일드가 원고를 보내려 했던 『버드』나 『루트』 같은 잡지보다 영구적인 출판처를 찾을 사람이었다. 이 사람이 혹시 『나의 로라』를 집필한 것으로 추정되는 제1장~제5장의 화자는 아닐까. 그렇다면 그가 찾을 '싹(버드)'이나 '뿌리(루트)'보다 영구적인 출판처는 어디를 의미할까. 혹시 '플로라(꽃)'는 아닐까. 우리는 이미 제1장에서 플로라를 "아직 쓰이지 않은, 절반쯤 쓰인, 다시 고쳐 쓴 난해한 책과 동일시"할 것을 요청받은 바 있다. 플로라와 동일시되는 이 '아직 쓰이지 않은, 절반쯤 쓰인, 다시 고쳐 쓴 난해한 책', 그것은 바로 나보코프가 화자의 목소리를 입고 쓰고 있는 『오리지널 오브 로라』는 아닐까.

최종 장('최종 §')은 다시 자유간접화법이 사용될 뿐 아니라 제1장부터 제5장까지와 마찬가지로 보이지 않는 화자가 3인칭을 가장하여 이야기를 끌어간다. 장소는 '섹스'라는 이름의 어느 휴양지의 역 승강장. 제1장에서 언급됐던(플로라와 화자에게 집을 빌려줬던) 위니 카라는 여성이 등장하여 플로라가 소설 『나의 로라』의 소프트커버 판을 무릎 위에 올려놓고 있는 모습을 발견한다. 그녀는 플로라에게 그 소설을 꼭 읽어보라고 부추긴다. 위니는 소설 속에서 플로라가 모델이 된 주인공 로라가 '세상에서 가장 말도 안 되는' 죽음을 맞게 된다고 말한다. 그 장면을 찾아주겠다는 위니를 플로라가 "기차 놓치시겠어요"라는 말로 화제를 전환하며 『오리지널 오브 로라』가 끝난다. '눈에 보이지 않는 화자'는 어디에 숨어 있을까. 함께 기차를 타고 가지 않겠느냐는 위니의 권유에 플로라는 "누군가를 기다리는 중"이라고 말하는데, 그 누군가는 바로 필립 와일드의 유고를 가로챈 '다른 친구'이자 『나의 로라』의 작가, 『오리지널 오브 로라』의 화자가 아닐까.

이 장면에서 플로라는 위니의 강권에도 불구하고 『나의 로라』의 페이지를 열려고도 하지 않는데, 그것은 허구의 등장인물로 받아들여지는 것을 거부하면서 죽을 운명을 슬쩍 피해보려는 시도로 보인다. 등장인물이 죽음을 맞이하는 것으로 소설의 세계가 끝나는 구성을 많이 취하는 나보코프의 작품군 중에서도 '나'를 문체적으로도 육체적으로도 말소시킨다는 테마를 지닌 『오리지널 오브 로라』는 예외적일 정도로 경쾌한 분위기를 유지하며, 죽음을 거부하고 계속 살아나가는 플로라의 이미지로 소설이 끝난다는 점은 흥미롭다. 결국 『나의 로라』의 여주인공 로라는 소설 속에서 죽지만, 『오리지널 오브 로라』의 플로라는 소설 속에서 죽지 않는다. 화자와 플로라, 이 두 사람은 헤어진 지 3년 만에 이 휴양지에서 재회하게 될 것이다. 여러 수수께끼를 남기고 소설이 이야기 도중에 끝난다는 점은 이 소설이 난데없이 이야기 중간에서 시작했던 제1장의 서두와도 호응을 이룬다.

또다른 샛길

그런데 문제는 우리가 마지막 장면으로 추측한 장면의 후일담 격인 카드가 두 장 더 있다는 점이다. 바로 X, XX라는 기호가 표기된 카드로, 여기서 묘사되는 두 남녀가 3년 만에 '중부 유럽의 한 휴양지'에서 재회하는 장면이 바로 마지막 장에서 예고된 그 두 사람의 재회 장면으로 추정된다. 다만 이 두 카드에서 화자는 '나'라는 일인칭을 사용하며 자신을 전혀 숨기지 않는다는 점에서 지금까지의 화자와는 다른 인상을 풍긴다. 또 이 장면의 시간적 배경이 『오리지널 오브 로라』의 결말 장면(위니와 플로라가 스위스 섹스 역에서 만나는 장면) 직후라는 점도 의문을 갖게 한다. 나보코프는 이 재회 장면을 어디에 어떤 식으로 삽입하려고 했던 것일까?

이 두 장의 카드는 지금까지 우리가 그려온 이 작품의 전체상에 대한 가정을 송두리째 흔들어버릴 수 있는 암초같이 자리한다. 출구로 이어지는 듯한 마지막 길목을 돌았는데, 또다른 미로로 이어진 길을 만난 것 같다고나 할까. 중간에 어떤 중요한 샛길을 모르고 그냥 지나친 것은 아닐까, 다시 되짚어본다. 그러고 보니 『나의 로라』에 대한 설명이 적힌 카드 상단에 적혀 있는 '이반 본'은 누구인가, '에릭의 노트'에서 에릭은? 나이절 델링은? 다른 작가라면 의문을 품지 않았을 세부항목도 나보코프의 선택이라면, 그 단어 하나하나의 쓰임과 이유를 곰곰이 생각하게 된다. 사소한 세부항목 하나가 소설 전체를 전혀 다른 각도에서 비추는 새로운 프리즘이 되는 게 나보코프 독서의 함정이자 묘미이기 때문이다.

지금까지 제시된 여러 해석과 전체상에 대한 가정의 타당성을 점검해보기 위해서는, 일단 『오리지널 오브 로라』에서 추출할 수 있는 정보들을 취합해 명백한 서사적 사실과 해석상의 추측을 구분할 필요가 있다. 『오리지널 오브 로라』 일본어판 역자이자 나보코프 연구가인 와카시마 다다시가 작성한 주요 인물들과 사건을 나열한 다음 연보는 몇몇 시기나 인물의 나이 추정에서 이론의 여지가 없진 않지만, 매우 치밀하고 깊이 있는 독해다. 이 연대기를 보충, 수정해가면서 재독하면 『오리지널 오브 로라』 전체 서사의 심층구조를 파악하는 데 도움이 될 것이다(굵은 숫자는 현재 작품에서 명시적으로 주어진 정보다).

1920년 화가 레프 린데, 부인 에바와 아들 아담과 함께 모스크바에서 뉴욕으로 이주.
필립 와일드, 고교 댄스파티에서 오로라 리에게 열중함.

1921년 오로라 리, **17**세의 나이로 백치 애인에게 도끼로 살해당함.

?년 인기 사진작가가 된 아담, 발레리나 란스카야와 결혼.

1942년 아담 린드의 딸 플로라, 매사추세츠 주 서턴에서 출생.

1945년 아담 린드, 몬테카를로의 호텔에서 권총 자살.

?년 플로라, 어머니 란스카야 부인과 함께 파리에 거주.

1954년 영국인 포도주 밀수업자 허버트 H. 허버트, **12**세의 플로라에게 수작을 겂.

1955년 허버트, 호텔 엘리베이터 안에서 심장발작으로 사망.

1956년 플로라, **14**세에 칸에서 볼보이 쥘과 첫 성경험.

1960년 플로라, 태어난 고향으로 돌아와 서턴 대학에 입학.

1964년 플로라, 대학을 졸업함. 졸업식에서 란스카야 부인 사망.

플로라, 신경학자 필립 와일드와 결혼. 이때 필립 와일드의 나이는 50대 후반으로 추정됨.

?년 필립 와일드, 비밀리에 원고를 집필하기 시작.

1967년 봄 화자, 파티에서 플로라와 처음으로 만나, 그때부터 두 사람의 정사가 시작됨. 이때 플로라의 나이는 **24**세.

플로라와 화자의 정사가 끝남. 그 직후 화자는 소설 『나의 로라』를 집필하기 시작.

1968년 『나의 로라』가 출판됨.

1970년 화자, 중부 유럽의 휴양지에서 플로라와 3년 만에 재회.

필립 와일드, 처음 만난 지 **50**년이 지나서 오로라 리를 다시 꿈에서 봄. 아마도 이때 그의 나이는 66세.

필립 와일드, 심장발작으로 사망. 그의 비밀 수기는 누군가의 손에 들어감.

필멸과 불멸

현재 우리가 볼 수 있는 『오리지널 오브 로라』는 작품성을 평가하거나 전체 구조와 주제를 완전히 다 파악하기에는 집필되지 않은 부분이 많고, 나보코프 자신도 1976년 5월 18일 일기에 "가벼운 착란. 체온은 37.5도. 모든 걸 다시 시작하는 게 가능할까?"라고 썼던 걸로 보아, 시간만 허락된다면 처음부터 모든 걸 고쳐 썼을 수도 있는 작품이다. 하지만 이 모든 걸 참작하더라도, 『오리지널 오브 로라』는 소각되는 게 마땅한 작품은 결코 아니다. 현재 남아 있는 부분만 읽어도 집필되지 못한 부분을 읽고 싶고, 나보코프가 머릿속에서 구상했던 소설 전체를 읽고 싶어지는 매력을 충분히 느낄 수 있다. 이 소설 자체가 (두 남자의 묘사로도) 결코 모든 매력을 다 드러내지 않는, (두 남자 모두) 결코 완벽히 다 소유하지 못한, 욕망의 충족을 끊임없이 유보하는(그녀는 화자에게든 남편에게든 질외사정만을 허용한다) 여주인공 플로라와 닮았다. 플로라를 예술적으로 형상화하여 그녀에게 죽음을 선사함으로써 그녀를 완전히 포착하려던 옛 애인의 소설 책장을 그녀는 펼쳐보지 않음으로써 더 커다란 책, 즉 나보코프의 『오리지널 오브 로라』 속에서 영원히 불멸한다. 로라는 죽었지만 '오리지널 오브 로라', 즉 플로라는 죽지 않았다. 그 어느 때보다도 자신의 필멸을 절감하며 생애 마지막까지 혼신을 다해 집필한 이 작품 속에 기억의 우수, 행복과 유머와 사랑의 신비, 그리고 무엇보다도 예술의 불멸을 필사적으로 새겨넣으려 했던 나보코프의 모습을 상상하면 가슴 한구석이 묵직해지는 느낌이다.

축구광이었고 학창시절 골키퍼로 활약하기도 한 나보코프는 작품 속에 축구와 관련된 인물과 비유들을 종종 삽입하곤 했다. 나비와 체스에 대한 애착에 비해 축구에 대한 그의 지식과 애정은 많이 거론되지 않지만, 사실 그의 작품을 읽을 때 작가와 독자 사이에 벌어지는 해석 게임의 역동성을 표현하는 데 축구는 매우 적확한 소재다. 역자는 나보코프가 마지막으로 우리에게 남기고 간 『오리지널 오브 로라』를 번역하면서 미궁에서 허우적대는 듯한 암담함을 느낄 때도 있었지만, (어쩌면 영영 그 모습을 볼 기회가 없었을) 이 작품을 읽게 된 그 놀라운 행운에 가슴을 쓸어내리며 축구의 연장전 상황에서 '마지막 코너킥' 기회가 주어진 순간을 떠올리곤 했다. 코너킥이란 그 공이 누구의 발이나 머리에 어떻게 맞느냐에 따라 환희의 결승골로 직행할 수도, 상대편에게 역습의 기회를 제공해 게임을 아예 잃을 수도 있는 회심의 한 수다. 맹아 상태의 이 미완성 작품이 면밀한 독서와 정치한 해석을 만나 그의 작품 세계 전체를 새롭게 조명하는 새로운 프리즘이 되거나 혹은 다른 문학작품이나 다른 예술 분야*에 영감을 주는 꽃으로 만개하느냐, 아니면 천재

* 이 작품에 영감을 받은 발레 〈로라〉가 2010년 11월 말 모스크바에서 초연되었다. 음악을 작곡한 데이비드 크리비츠키에 따르면, 책으로 출판되기 전인 2008년 5월에 이미 이 작품의 사연을 소문으로 듣고 음악적 영감을 받았다고 한다. 즉 그는 『로라』를 읽지 않고 그 작품에 영감을 받은 발레곡을 작곡한 것이다. 불행히도 그는 2009년 여름에 사망해서 자신의 작품이 세상에 처음 공개되는 초연 무대를 보지 못했다. 나보코프와 마찬가지로. 이 작품의 안무를 맡은 옐레나 보그다노비치에 따르면, 이 작품의 주제는 "창작자, 그리고 창작자가 겪는 사랑"이라고 한다.

의 기묘한 습작이나 호사가들의 수집품으로 전락하느냐는 독자 개인의 독서에 달렸다. 자, 이제 나보코프의 마지막 코너킥이 당신에게 날아온다.

김윤하

1. 러시아(1899~1919)

1899년 4월 22일 수도 상트페테르부르크의 귀족 명문가에서 아버지 블라디미르 드미트리예비치와 어머니 옐레나 이바노브나 사이에서 장남으로 출생. 할아버지 드미트리 니콜라예비치는 알렉산드르 2세와 3세의 치세에 법무상을 역임했고, 아버지는 관료가 되기를 거부하고 법학자의 길을 걷다가 정치에 입문하여 입헌민주당(카데트) 지도부의 일원이 된다.

1899~1910년 자유주의적 분위기의 유복한 가정에서 다방면에 걸친 최상의 가정교육을 받으며 성장. 러시아어 외에 영어와 프랑스어를 익혔고(영국 숭배자였던 아버지의 영향으로 러시아어보다 영어를 먼저 익혔다), 테니스, 자전거, 권투, 체스 등 다양한 운동을 즐겼으며 곤충학(특히 나비 채집과 관찰)에도 몰두한다. 체스와 나비 연구는 평생에 걸친 관심사로 나보코프의 삶과 문학에 깊숙이 관여하게 된다.

1911~1916년 테니셰프 학교에서 수학. 이 시기에 이기적이라고까지 부를 수 있는 우월 의식에 찬 개인주의적 성향이 발현된다. 어린 시절 상트페테르부르크의 삶이 남긴 인상은 나보코프의 창작에 큰 역할을 한다. 특히 나보코프 가족이 여름을 나곤 했던 교외의 모습은 작가의 기억 속에 지상낙원으로, '그의 러시아'로 영원히 남는다.

1914년 첫 시를 씀.

1916년	『시집Стишки』을 자비로 발간하며 문학에 입문.
1917년	아버지가 케렌스키 임시정부에 입각. 볼셰비키 혁명으로 임시정부가 붕괴되자 나보코프 가족은 크림으로 이주.

2. 유럽(1919~1940)

1919년	크림이 적군에게 장악되고 내전이 적군의 승리로 끝나자 3월에 배를 타고 영원히 러시아를 떠난다. 콘스탄티노플을 거쳐 런던으로 간다.
1919~1922년	동생 세르게이와 함께 케임브리지 대학에서 수학. 러시아문학과 프랑스문학을 전공. 운명의 극적인 전환은 시인 나보코프의 창작에 강한 동기를 부여한다. 전 생애를 통틀어 망명 초창기에 가장 많은 시를 쓴다.
1920년	8월에 가족이 베를린으로 이주. 아버지가 러시아어 신문 〈키Руль〉의 편집자가 된다. 〈키〉에 나보코프의 첫 번역과 첫 산문이 실린다.
1921년	필명 '블라디미르 시린'으로 작품을 발표하기 시작.
1922년	3월 28일 베를린에서 아버지가 러시아 극우파 테러리스트에게 암살당한다. 아버지의 죽음은 나보코프의 운명을 송두리째 흔든다. 스스로 삶을 개척해야 했던 나보코프의 전업 작가로서의 삶이 시작된다. 6월에 케임브리지 대학을 졸업하고 베를린으로 이주.
1923년	3월 8일 어머니가 프라하로 이주. 베를린에서 미래의 아내 베라 예프세예브나 슬로님을 만난다. 베를린에서 시집 『송이Гроздь』와 『천상의 길Горний путь』 출간.
1924년	첫 장편희곡 『모른 씨의 비극Трагедия господина Мо-

рна』 집필.

1925년 4월 25일 베라 슬로님과 결혼. 첫 장편소설 『마셴카Машенька』 집필.

1926년 베를린에서 『마셴카』 출간. 두번째 희곡 『소비에트연방에서 온 사람Человек из СССР』 집필.

1928년 베를린에서 소설 『킹, 퀸, 잭Король, дама, валет』 출간.

1929년 문예지 『현대의 수기』에 소설 『루진의 방어Защита Лужина』 발표. 작품의 첫 부분을 읽은 어느 망명 문인의 회고에 따르면, "망명 세대 모두의 삶을 정당화하기 위해 불사조처럼 혁명과 추방의 불길과 재에서 태어난 위대한 러시아 작가의 작품".

1930년 베를린에서 단편집 『초르브의 귀환Возвращение Чорба』과 『루진의 방어』 출간. 『현대의 수기』에 소설 『스파이Соглядатай』 게재.

1931년 『현대의 수기』에 『위업Подвиг』 연재.

1932년 파리에서 『위업』 출간. 『현대의 수기』에 소설 『카메라 옵스쿠라Камера обскура』 연재 후 파리에서 단행본 출간.

1933년 베를린에서 『카메라 옵스쿠라』 단행본 출간.

1934년 『현대의 수기』에 소설 『절망Отчаяние』 연재. 5월 10일에 외아들 드미트리가 태어남.

1935년 『현대의 수기』에 소설 『사형장으로의 초대Приглашение на казнь』 연재.

1936년 베를린에서 『절망』 단행본 출간.

1937년 나치의 위협을 피해 파리로 이주. 프랑스 문예지 〈*NRF*(*La Nouvelle Revue Française*)〉에 푸시킨에 관한 프랑스어 논문 발표. 프랑스 잡지들에 프랑스어로 번역한 푸시킨 시 발표. 『현대의 수기』에 소설 『재능Дар』 연재(체르니솁스키에 관한 4장을 제외하고 발표). 런던에서 나보코프가 영어로 옮긴 『절망*Despair*』 출간.

1938년 파리와 베를린에서 『사형장으로의 초대』 단행본 동시 출간. 첫 영어 소설 『서배스천 나이트의 진짜 인생*The Real Life of Sebastian Knight*』 집필.

1939년 3월 2일 어머니 작고.

3. 미국(1940~1960)

1940년 5월에 독일 점령군을 피해 미국으로 이주. 뉴욕의 자연사박물관에 일자리를 얻는다. 비평가 에드먼드 윌슨의 추천으로 〈뉴요커〉에 기고.

1941년 소설 『서배스천 나이트의 진짜 인생』 출간. 웰슬리 칼리지에서 7년간 러시아문학 강의.

1942년 하버드 대학의 비교동물학 박물관에서 6년간 연구원으로 활동.

1944년 고골 연구서 『니콜라이 고골*Nikolai Gogol*』 출간. 푸시킨, 레르몬토프, 튜체프의 시를 번역한 시집 『세 명의 러시아 시인*Three Russian Poets*』 출간.

1945년 미국 시민권 획득.

1947년 소설 『벤드 시니스터*Bend Sinister*』와 단편집 『아홉 편의 단편*Nine Stories*』 출간.

1948년 코넬 대학 문학부 교수로 재직하며 10년간 러시아문학과 유럽문학 강의.

1951~1952년 하버드 대학에서 강의. 후에 네 권의 강의록 출간. 『나보코프 문학 강의*Lectures on Literature*』(1980), 『율리시스 강

의*Lectures on Ulysses*』(1980), 『나보코프의 러시아문학 강의*Lectures on Russian Literature*』(1981), 『돈키호테 강의*Lectures on Don Quixote*』(1983).

1951년 회상록 『확증*Conclusive Evidence*』 출간.

1952년 고골 선집에 부치는 서문 집필. 파리에서 러시아어 시선 『시. 1929~1951Стихотворения.1929~1951』 출간. 『재능』 무삭제판 출간.

1954년 러시아어 회상록 『다른 해변Другие берега』 출간.

1955년 파리에서 소설 『롤리타*Lolita*』 출간.

1956년 1930년대에 러시아어로 쓴 단편 모음집 『피알타에서의 봄 외 단편들Весна в Фиальте и другие рассказы』 출간.

1957년 소설 『프닌*Pnin*』 출간.

1958년 나보코프가 영어로 옮기고 역자 서문을 붙인 레르몬토프의 소설 『우리 시대의 영웅*Hero of Our Time*』 출간. 단편 모음집 『나보코프의 한 다스*Nabokov's Dozen*』 출간. 뉴욕에서 『롤리타』 출간.

1959년 영어 시집 『시*Poems*』 출간. 『롤리타』의 성공으로 대학 강의를 접음.

4. 스위스(1960~1977)

1960년 스위스의 몽트뢰로 이주. 나보코프가 영어로 옮기고 상세한 주석을 단 『이고리 원정기*The Song of Igor's Campaign*』 출간.

1962년 스탠리 큐브릭이 감독한 영화 〈롤리타〉 상영. 소설 『창백한 불꽃*Pale Fire*』 출간.

1964년 기존 번역본의 오류를 바로잡고 방대한 주석을 단 푸시킨의

『예브게니 오네긴*Eugene Onegin*』 출간.

1967년 영문 회상기 개정판 『말하라, 기억이여*Speak, Memory*』 출간. 단편집 『나보코프의 4중주*Nabokov's Quartet*』 출간.

1969년 소설 『아다 혹은 열정. 한 가문의 연대기*Ada or Ardor: A Family Chronicle*』 출간.

1971년 러시아어와 영어로 쓴 시와 체스 문제가 수록된 『시와 문제*Poems and Problems*(Стихи и задачи)』 출간.

1972년 소설 『투명한 대상들*Transparent Things*』 출간.

1973년 단편집 『러시아 미인 외 단편들*A Russian Beauty and Other Stories*』 출간. 에세이와 인터뷰 모음 『굳건한 견해*Strong Opinions*』 출간.

1974년 소설 『어릿광대를 보라!*Look at the Harlequins!*』 출간.

1975년 『재능』의 개정판 출간. 『독재자는 파괴되었다 외 단편들*Tyrants Destroyed and Other Stories*』 출간.

1976년 나보코프가 영어로 옮긴 러시아어 단편집 『일몰의 세부 외 단편들*Details of a Sunset and Other Stories*』 출간.

1977년 7월 2일 스위스 몽트뢰에서 영면.

2009년 드미트리 나보코프가 미완성 유작 『오리지널 오브 로라*The Original of Laura*』를 정리, 편집하여 출간.

문학동네 세계문학
오리지널 오브 로라

1판 1쇄 2014년 3월 20일
1판 2쇄 2023년 7월 7일

지은이 블라디미르 나보코프 | 옮긴이 김윤하

책임편집 박신양 | 편집 염현숙 오동규 | 독자모니터 황정숙 이희연
디자인 김현우 최미영 | 저작권 박지영 형소진 최은진 서연주 오서영
마케팅 정민호 김도윤 한민아 이민경 안남영 김수현 왕지경 황승현 김혜원 김하연
브랜딩 함유지 함근아 박민재 김희숙 고보미 정승민 배진성
제작 강신은 김동욱 임현식 | 제작처 영신사

펴낸곳 (주)문학동네 | 펴낸이 김소영
출판등록 1993년 10월 22일 제2003-000045호
주소 10881 경기도 파주시 회동길 210
전자우편 editor@munhak.com | 대표전화 031)955-8888 | 팩스 031)955-8855
문의전화 031)955-1927(마케팅), 031)955-2686(편집)
문학동네카페 http://cafe.naver.com/mhdn
인스타그램 @munhakdongne | 트위터 @munhakdongne
북클럽문학동네 http://bookclubmunhak.com

ISBN 978-89-546-2059-8 03840

잘못된 책은 구입하신 서점에서 교환해드립니다.
기타 교환 문의 031) 955-2661, 3580

www.munhak.com